L'IDÉE DE L'AMOUR

DU MÊME AUTEUR

LE LÉZARD, *roman*, Fayard, 2004.
LES MALADROITS, *roman*, Fayard, 2007.
LES PLAISIRS DIFFICILES, *nouvelles*, Le Seuil, 2009.
LE CIEL ANTÉRIEUR, *roman*, Le Seuil, 2013.
45 TOURS, *roman*, Rivages, 2016.
COMMENT CONSTRUIRE UNE CATHÉDRALE, *récit*, Plein Jour, 2016 (prix Marianne).
FEDERICA BER, *roman*, Grasset, 2018.

MARK GREENE

L'IDÉE DE L'AMOUR

roman

BERNARD GRASSET
PARIS

Photo de la bande : © Gettyimages

ISBN : 978-2-246-83118-1

« Il en est du véritable amour comme de l'apparition des esprits : tout le monde en parle mais peu de gens en ont vu. »

François de La Rochefoucauld

— Vous avez fait des études de Lettres ?
— Oui…
— À la Sorbonne ?
— Oui.
— Vous êtes un littéraire ?
— Si l'on veut.
— Mais si, vous êtes ce qu'on appelle un littéraire.
— Dans un sens, oui.
— Vous avez tout lu ?
— Pas vraiment. Enfin, si. Un peu.

Quand je suis assis dans le bureau de mon éditeur, j'ai l'impression d'être transporté dans un film des années soixante-dix, un film d'aventures ou de détectives qu'auraient pu tourner Georges Lautner ou Philippe de Broca, dont le rôle principal serait tenu par Jean-Paul Belmondo ou Pierre Richard, avec une intrigue loufoque et de savoureux rôles secondaires joués par des acteurs à tronche, des *natures*, des figures issues d'un monde révolu, dont les noms sont connus d'une poignée d'amateurs, de nostalgiques, d'égarés.

Évidemment, mon éditeur n'est pas l'éditeur que je devrais avoir. Si j'étais un véritable écrivain, il aurait ses bureaux dans le sixième arrondissement de Paris, rue Saint-André-des-Arts, rue des Saints-Pères ou rue de l'Université, mais en aucun cas à Issy-les-Moulineaux, dans un immeuble construit en 1979 pour le compte du GAN, comme l'indique une petite plaque en simili-marbre apposée sur la façade, au-dessus de l'entrée.

— Vous connaissez Rongières ? a-t-il poursuivi.

— Bien sûr.

— Vous l'avez lu ?

— Il y a longtemps.

— Moi pas. Enfin, j'ai dû lire quelque chose. C'est bien ?

— Oui.

Je n'ai pas dit toute la vérité : pendant des années, j'ai voué un culte à François Rongières. J'avais vingt ans, on a le droit d'oublier sa jeunesse. Je dévorais ses romans, guettais la moindre de ses parutions. Le libraire à côté de chez moi me renseignait. Plusieurs fois j'ai poussé la porte de son magasin à neuf heures du matin, un jeudi, afin de m'emparer de l'exemplaire au sommet de la pile. J'osais à peine le toucher. J'aurais volontiers mis des gants blancs, de peur de le salir. La couverture crème me semblait délicieuse, on aurait dit une pâtisserie à peine sortie du four. Je n'en revenais pas de le tenir dans ma main, ce roman dont j'entendais parler depuis des mois, dont j'attendais la sortie en comptant les jours. J'étais impatient de pouvoir le toucher, le humer, je ne m'en priverais pas dès que je serais sorti de la librairie, quand je me serais éloigné dans la rue.

— J'étais sûr que vous l'aviez lu. Je me disais : Waxman connaît ça, forcément. C'est son rayon. Les écrivains cachés, les mystérieux. Personnellement je n'y crois pas beaucoup mais il y a un public pour ça. Pas le grand public, évidemment, mais un public tout de même. L'écrivain ténébreux, le misanthrope… À condition qu'on ne lui serve pas l'histoire trop souvent.

J'aimais bien mon libraire de quartier. Il s'est chargé, dans une certaine mesure, de ma formation d'auteur. Il m'a appris, entre autres choses, ce qu'est un office. Le premier office de la rentrée littéraire, vers le vingt août, pour ceux qui sont rentrés de vacances ou pour les malheureux qui ne sont jamais partis (j'appartenais à la seconde catégorie). Puis le deuxième office, le jeudi d'après, et ainsi de suite jusqu'à ce que toutes les nouveautés soient en place, fringantes, piaffantes, en piste pour les prix de la rentrée.

Il y a six mois, je suis retourné dans mon vieux quartier et, tout de suite, j'en ai eu l'intuition : mon libraire avait disparu. Je ne m'étais pas trompé. Son magasin avait été remplacé par une enseigne sportive. Il était trop bien situé, la rue était trop passante, juste à l'entrée du marché, le trottoir trop accueillant, de nos jours les libraires devraient se méfier des emplacements recherchés, tôt ou tard ils les conduisent à leur perte.

— Il a eu le Goncourt, Rongières ?
— Oui.
— Il y a longtemps ?
— Dans les années quatre-vingt-dix, je crois.
— Rappelez-moi le titre.
— *Les Maladroits.*
— Ah oui… Ça date un peu.

Pourquoi mon éditeur s'intéressait-il subitement à François Rongières ? Il disait l'avoir très peu lu (sans doute n'en avait-il pas lu une seule ligne). C'était la première fois qu'il me parlait d'un écrivain. Mon éditeur n'est pas un éditeur à écrivains, mais à sujets. Il se targue de sonder le désir des lecteurs, d'être au plus près de leurs préoccupations. J'ai du nez, se plaît-il à dire. Il flaire ce que le public attend, avant même qu'il ne soit en mesure de l'exprimer. Il se prend pour une sorte de médecin, ou plutôt de guérisseur, qui détecte dans les urines de la société des carences, des faiblesses, et lui administre le médicament opportun.

— *Votre* Rongières, donc… Vous seriez capable de l'interviewer ?

— L'interviewer ? m'étonnai-je. Ce sera difficile. Il refuse tout entretien depuis un bon bout de temps. Sa dernière télévision remonte à « Bouillon de culture ». Je crois qu'il vit à la campagne, quelque part en Bourgogne.

— Je sais.

— On n'a même pas de photo récente. D'ailleurs il ne publie presque plus, le dernier livre date de sept ou huit ans. Il paraît qu'il en prépare un nouveau. Son éditeur l'a annoncé mais on n'a rien vu venir.

— Il a raison, votre type. Il faut susciter le manque. C'est un malin.

Où voulait-il en venir ? Les Éditions de l'Albatros n'ont jamais publié de roman littéraire, ni consacré d'ouvrage à d'authentiques écrivains. D'ailleurs, quel écrivain respecté voudrait publier chez eux ? S'exhiber sous ces jaquettes bariolées, affublées de lettres trop grandes, de titres racoleurs… Depuis leur création, il y a une trentaine d'années, les Éditions de l'Albatros ont pour l'essentiel marché sur deux jambes (qui se sont révélées assez robustes) : d'un côté, les ouvrages de développement personnel ; de l'autre, les récits consacrés aux expériences extrêmes et au sport. C'est à ce titre que je figure à leur catalogue. J'ai coécrit, en tant que collaborateur officiel (*avec Philippe Waxman*, a fait imprimer mon éditeur, magnanime, en page de garde), l'autobiographie du célèbre jockey Christophe Soumillon, qui est aussi le mari de l'ancienne Miss France Sophie Thalman (ainsi, m'avait dit mon éditeur, nous publierons une biographie dans la biographie, deux vies pour le prix d'une, ne négligez pas ce versant-là, nous allons capter les deux publics, faites-moi confiance, elle est au moins aussi connue que lui).

Deux ans plus tard j'ai signé, cette fois comme auteur de plein droit, le récit des exploits de Cirrus des Aigles, vainqueur de sept courses de première catégorie, l'un des pur-sang favoris des turfistes français, qui eut l'audace de défier les Anglais sur leur sol (où il remporta plusieurs victoires, même s'il dut s'incliner devant la star Frankel au terme d'un « combat épique », comme l'écrivirent mes collègues).

— L'interviewer à propos de quoi ? ai-je demandé.

— Eh bien, j'ai une idée : il adore les chevaux. Et le cheval, c'est votre truc à vous, non ? Cheval et littérature. Vous êtes l'homme de la situation.

— Je ne savais pas.

— C'est son dada, comme disait Omar Sharif. Je l'ai appris ce week-end.

— Il aime les courses ?
— Plutôt les attelages, à ce qu'il paraît.
— Les attelages ?
— Oui, les concours d'attelages.

Mon éditeur a toujours une longueur d'avance. Il vous entraîne dans une direction, vous met à l'aise, vous berce de paroles doucereuses et, soudain, il tire un lapin de son chapeau. Il adore déstabiliser ses interlocuteurs, assister au spectacle de leur surprise. Il feint la naïveté, la distraction, mais c'est un homme bien renseigné, un collectionneur d'informations qu'il stocke dans sa mémoire et ressort au moment opportun. Il aurait pu faire de la politique, ou travailler aux Renseignements généraux.

— Ce ne sera pas facile, mais je peux essayer d'obtenir son adresse, me suis-je avancé. Je doute qu'il réponde.
— Ne vous inquiétez pas pour l'adresse. Je l'ai déjà. J'ai aussi son téléphone et son mail.
— Ah…
— Fabergé m'a donné tout ça. C'est un ami. Il a une propriété dans la région. Rongières et lui sont voisins, ils passent tous leurs week-ends ensemble.

Patrice de Fabergé, dont mon éditeur aime à *dropper* le nom de temps à autre, est une figure du paysage audiovisuel français. Il a produit une bonne vingtaine d'émissions, principalement des jeux télévisés. Certaines sont restées à l'antenne pendant plusieurs décennies, l'une d'elles a même battu, récemment, le record de longévité d'un programme, toutes catégories confondues. Il a quatre-vingt-cinq ans mais on lui en donne dix de moins. Sa chevelure blanche est célèbre, comme ses costumes trois-pièces. Son fils aîné a repris ses activités, mais il continue à présider la société qui porte son nom. On l'invite dans des émissions, des débats, témoin privilégié d'une époque révolue, avant Canal + et les privatisations. Quand les programmes prenaient fin à une heure du matin (avec, sur Antenne 2, les bonshommes de Folon en apesanteur, flottant dans un liquide amniotique, emportant les téléspectateurs vers le sommeil). L'époque où Courrèges et Cardin avaient la faveur des Parisiennes affranchies, où le magazine *Lui* s'étalait dans les kiosques, où fleurissaient les tours du Front de Seine et d'épaisses moquettes de couleur recouvraient le sol des appartements.

— Ils se connaissent, vous êtes sûr ?

— Mais oui. Je vous dis qu'ils se voient tout le temps.

— Ah.

— Ça vous étonne ?

Je n'en revenais pas.

L'idée que Fabergé et Rongières se fréquentent, dînent ensemble, partagent un whisky ou montent dans un 4 × 4, échangent des commentaires à propos de leurs chevaux respectifs en prenant des airs entendus, jouent les gentlemen-farmers appuyés contre une barrière en rondins et coiffés d'une casquette en tweed, me semblait stupéfiante. Pour tout dire, je la trouvais assez choquante. Il y a vingt ans, je n'y aurais pas cru une seconde. J'aurais refusé d'y croire. Rongières était pour moi le modèle de l'écrivain exigeant, scrupuleux, janséniste, creusant son sillon dans le granit de la littérature contemporaine. Sa plus grande frivolité avait été de passer deux nuits dans un couloir de la Sorbonne avant l'évacuation par les CRS, en Mai 68, épisode raconté dans l'un de ses livres (il avait décrit en détail, sur une cinquantaine de pages, le long couloir conduisant de la rue Victor-Cousin à la rue Saint-Jacques, devenu le centre névralgique de la révolte).

— En fait, j'ai mieux que ça.

— Mieux ?

— Oui. Mieux que ça.

Mon éditeur me scrutait. Il s'amusait. Il me titillait, comme il se plaît à titiller tout le monde. Il guettait sur mon visage, au coin de mes yeux, sur mes lèvres, la naissance de la déception. Susciter la déception, l'instiller dans un cerveau propice, vulnérable, la voir s'épanouir est la plus banale des perversités et, d'une certaine façon, la plus pernicieuse.

— J'ai le mail de sa femme.

— Il a une femme ?

— Eh oui. Ils sont mariés depuis une dizaine d'années. Une fille très bien, d'après Fabergé. Trente ans de moins que lui, il ne s'est pas embêté. Tout passe par elle, il lui fait entièrement confiance. Un mélange de secrétaire particulière, de nurse, de chauffeur, vous voyez le genre.

— Oui…

— Elle répond au téléphone, continua-t-il, visiblement amusé par cette énumération de tâches, fait les courses dans le village d'à côté, s'occupe des réparations, prend ses rendez-vous chez le dentiste, le conduit partout en voiture…

— Je vois.

— Il y en a qui ont de la chance, a-t-il ajouté en me considérant avec un sourire complice, comme si nous étions, en matière amoureuse et conjugale, embarqués sur le même esquif, confrontés aux mêmes frustrations et aux mêmes devoirs.

En vérité, tout nous sépare. Il est marié et a quatre enfants. Son beau-père a fondé, après guerre, l'une des principales sociétés de diffusion de livres. C'est lui qui l'a introduit dans le milieu. À ce qu'on dit, il trompe effrontément sa femme. Mais peut-être ne la trompe-t-il pas, peut-être sont-ils unis par un pacte dont la nature échappe au commun des mortels. Peut-être, en fermant les yeux si ostensiblement, en s'aveuglant si ouvertement, fait-elle preuve d'un sentiment supérieur, d'une forme de maîtrise ou de détachement que peu de gens comprennent. Je ne l'ai rencontrée qu'une fois, dans les bureaux d'Issy-les-Moulineaux, nous n'avons échangé que deux phrases mais j'ai senti qu'elle était au courant de tout, que rien ne lui échappait.

Mon cas est à l'opposé. Je suis, comme on dit, un célibataire endurci, bien incapable de former un couple et de lui insuffler vie. Je n'ai jamais partagé d'appartement avec quelqu'un (la question revient souvent, quand une femme veut en savoir plus sur moi, et je m'en tire en répondant « il y a longtemps… », avec une sorte d'hésitation, comme si ma mémoire flageolait).

— Il faudra vous adresser à elle. Nouer un lien avec elle. Surtout, ne demandez rien à Rongières. Il refuserait, par principe. Laissez-la faire. Elle va se débrouiller, croyez-moi.

— D'accord. Mais quel est l'objet du livre ? Vous espérez quoi ? Des anecdotes ? Des confidences ? Il faudrait qu'on définisse un projet.

— Ne vous embêtez pas avec ça. Parlez de chevaux, pour commencer. Vous êtes journaliste hippique, un collaborateur de *Paris-Turf* qui a publié deux ouvrages de qualité. Mettez-ça en avant. Ce sera, si l'on peut dire, votre cheval de Troie. Il faut vous faire inviter. Une fois sur place, vous apprendrez des choses.

J'ai compris, à ce moment-là, que le livre lui tenait à cœur. Il publie tellement de livres dont il se moque… Mais, cette fois, c'était différent. Il veut sa revanche, j'ai pensé. Il veut que l'écrivain français le plus secret, le plus revêche, le plus réfractaire (c'est-à-dire le plus chic), qui a bâti patiemment sa légende, qui n'accepte aucune interview, le maître du silence qui fait patienter son éditeur, le grand éditeur qui a pignon sur rue et concède des brevets d'honorabilité intellectuelle, lui accorde un livre, à lui, Gérard Batet, patron des Éditions de l'Albatros. Et c'est à moi qu'il confie cette mission.

— Tenez, fit-il en me tendant une feuille quadrillée sur laquelle il avait inscrit au feutre plusieurs adresses et numéros de téléphone. Tout y est. Mais écrivez à la femme d'abord. C'est elle qui a la clé. Allez-y doucement, prenez votre temps. Installez une complicité. Vous saurez faire ça ?

— Je vais essayer.

— Bien.

Au sommet de la feuille de papier, il avait écrit en grosses lettres noires, soulignées d'un trait vigoureux :

Elisabeth Rongières

Et, juste en-dessous :

lalorelei@yahoo.fr

Elisabeth Rongières, j'ai prononcé son nom dix, vingt fois en quittant les bureaux de mon éditeur, tandis que je remontais la rue Jeanne d'Arc en direction du boulevard Victor, où je comptais embarquer sur le tramway.

Faire connaissance avec un nom, l'accueillir dans son répertoire mental n'est pas une petite affaire. Parfois la rencontre échoue, il ne s'inscrit pas, il fuit, glisse sur le côté, on l'oublie aussitôt.

Ce nom-là, bien au contraire, se déployait en moi, riche de promesses. Il m'apparaissait mystérieux, complexe, profond comme un lac de montagne à la tombée de la nuit.

Une fois dans Paris, ou plus précisément dans cette frange urbaine située entre le périphérique et le boulevard extérieur – dont j'aime assez le statut ambigu, indécis, vaguement apatride –, j'ai décidé de prendre le RER à la station Pont du Garigliano. Le ciel était lumineux, il soufflait une brise agréable, la Seine n'était pas loin, j'avais envie de marcher encore un peu.

Je me suis arrêté devant l'entrée du grand immeuble situé à l'angle de la rue du général Alain de Boissieu (une rue fraîchement baptisée, ne comprenant que des immeubles de bureaux), qui abrite les locaux de SFR, de BFM, mais aussi de *L'Express* et de *Libération*. Avec nostalgie, j'ai songé à ces deux titres de la presse écrite qui avaient joué un rôle dans ma vie. *L'Express* que ma mère lisait quand j'étais enfant, orné de son cadre orange qui lui donnait une allure moderne, pétillante, dynamique. *Libération* que j'achetais, moi, quand j'habitais une chambre de bonne dans le dix-septième arrondissement. Dont le seul nom, en ce temps-là, me ravissait.

Les deux titres se trouvaient réunis dans le même bâtiment, aux côtés d'une chaîne d'info et d'un opérateur téléphonique. Ils n'avaient pas disparu mais, comme beaucoup de journaux et de magazines, ils avaient *rétréci*, et cela les avait conduits à une curieuse agrégation médiatique. Criblés de dettes, malmenés par un lectorat volage, ils avaient été contraints à des alliances, avaient épousé des « groupes » qui n'étaient pas leur genre. Désormais, ils vivaient à plusieurs sous le même toit. Pour les journalistes de l'ancienne époque, qui avaient goûté à l'aisance et à la désinvolture – comme des aristocrates appauvris –, les réveils devaient être bien douloureux.

Je me suis dit que la communication avait gagné la partie contre l'écriture, mais j'ai décidé de balayer ce constat déprimant et j'ai prononcé encore une fois son nom, Elisabeth Rongières, comme s'il s'agissait d'un mot de passe, d'un leitmotiv qui me donnait du courage et me remettait en marche.

Ce n'était pas encore l'heure de pointe. J'ai trouvé facilement une place assise dans le RER, un peu à l'écart des autres voyageurs.

La rame s'est ébrouée, longeant les quais de la rive gauche. C'est un trajet que j'aime bien. Par moments, la Seine s'efface derrière d'épais murs en béton, puis elle réapparaît. On aperçoit la colline de Passy. J'allais descendre à Austerlitz, faire le reste du chemin à pied.

J'avais eu, moi aussi, mon Elisabeth.

C'était il y a vingt-cinq ans. J'étudiais à la Sorbonne, où je m'étais replié après avoir quitté ma classe d'hypokhâgne. Je m'absentais beaucoup, en ce temps-là. Ne pas finir, ne jamais aller au bout de rien semblait être devenu ma devise. J'allongeais le bras, ma main saisissait quelque chose et, aussitôt après, je desserrais les doigts.

Tout avait pourtant bien commencé. J'avais eu une enfance paisible, sans aspérités notables.

L'arrivée de l'amour avait tout déréglé. De l'amour ou, plutôt, de la possibilité de l'amour. Rien d'alarmant, dans un premier temps : on n'est pas censé, à douze ans, avoir une petite amie.

Mais les années passèrent et la situation s'aggrava. Autour de moi des couples se formaient, ou des ébauches de couple qui tout de même faisaient leur chemin, forgés dans les boums et encouragés par l'air du temps permissif. Très vite, je compris que je ne serais pas de la fête. Il y avait en moi un frein, une inhibition qui me cadenassait.

Les boums étaient ma hantise. Je refusais de m'y rendre et, assez vite, on cessa de m'y inviter. Dès lors, j'adoptai une posture marginale. Je cherchai des alliés. À vrai dire, un seul suffirait : il me fallait avoir un meilleur ami qui, comme moi, ne participe pas à l'épanouissement général, aux grandes réjouissances de la rencontre amoureuse. Il se présenta.

Jusqu'au bac, je fréquentai davantage les flippers que les filles. J'appris à jouer au billard. Mon meilleur ami et moi faisions semblant de n'avoir besoin de personne, il est plus facile de se mentir à deux. À dix-huit ans, je partis étudier à Paris.

La rencontre eut lieu à la Sorbonne, non dans le Grand Amphithéâtre mais dans une classe de TD, qui ressemblait à une classe de lycée. À quelques détails près. Il n'était pas recommandé de se tenir droit, ni de se montrer attentif. On pouvait poser sur la table une feuille volante, pour y prendre des notes, ou n'en prendre aucune. Le professeur ne faisait pas l'appel. D'ailleurs, il connaissait à peine le nom des élèves. Les retardataires étaient tolérés.

Ce laisser-aller me déroutait. Les enseignants semblaient assurer leurs cours en passant, du bout des lèvres, comme s'ils n'y tenaient pas particulièrement, devant des jeunes gens distraits, un peu surpris de se trouver là. Personne ne posait de questions dérangeantes, les apparences étaient sauves mais il flottait dans ces salles de cours une mélancolie douceureuse, une nonchalance désabusée. Que faisions-nous là, au juste ? Et qu'allions-nous devenir ?

On aurait dit qu'il y avait une guerre quelque part, une ligne de front. Nous étions à l'arrière. Devisant de choses et d'autres, accomplissant des tâches subalternes. D'ailleurs, la classe comptait une large majorité de filles, comme si les garçons avaient été mobilisés. En y réfléchissant, c'était un peu le cas : ils étaient partis combattre sur le front de l'entreprise, de la technique, du pouvoir, ils s'entraînaient dans des écoles d'ingénieurs ou de commerce, se préparaient à conquérir des marchés, à gagner des positions. La guerre économique faisait rage et, pendant ce temps, mollement assis sur nos vieilles chaises, au cœur de l'antique Sorbonne, nous écoutions des professeurs un peu flapis nous entretenir de grammaire espagnole ou du fantastique chez Villiers de l'Isle-Adam.

Le RER attendit plusieurs minutes à la station Champ de Mars-Tour Eiffel. Des voyageurs descendirent, quelques-uns montèrent. Heureusement, personne ne vint se poser en face de moi.

Je la remarquai tout de suite, en entrant dans la classe. Je poussai même l'audace jusqu'à m'asseoir à côté d'elle. Pourquoi, à certains moments de la vie, des gestes qui nous semblaient interdits deviennent-ils possibles ? Pourquoi l'inhibition, après avoir imposé sa loi, relâche-t-elle subitement son étreinte ?

Je faisais semblant d'écouter le cours tout en jouant avec mon stylo à bille, mais en vérité je pensais à elle, lui jetais des coups d'œil à la dérobée.

Elle avait des cheveux châtains mi-longs, le teint clair. Je ne l'avais pas remarquée les semaines précédentes, peut-être avait-elle pris le train en marche. Elle portait des vêtements rouges assez amples et, cela attira mon attention, des bottines grises. J'évitais de la regarder directement mais elle était là, sur ma gauche, une large tache rouge dans ma vision périphérique, captant mon attention, une grande fleur se déployant sur le fond morne de la classe, infusant en moi.

Plus tard, pendant que nous rangions nos affaires (je persistais à utiliser mon vieux cartable quand d'autres se contentaient d'une chemise à rabats), je trouvai le moyen de glisser une remarque à propos du cours qui venait d'avoir lieu et réussis à engager la conversation.

Elle était en quête, m'expliqua-t-elle, de professeurs « intéressants ». Je me souviens qu'elle employa ce mot.

C'est ainsi que je lui parlai, pour la première fois. Sans trembler ni me désunir. Sans jouer l'indifférence. Sans avoir recours à l'ironie ou à la provocation.

Nous sortîmes de la classe ensemble, côte à côte. Elle était assez grande. Je l'ignorais encore mais j'assistais à la naissance de mon premier amour, du *couple* que je n'avais jamais eu (et qui me serait, par la suite, si peu de fois accordé).

Après une longue déambulation dans les couloirs, la place de la Sorbonne et ses cafés s'offrirent à nous, ménageant une première étape dans la rencontre. Prolonger le mouvement est l'affaire de toute rencontre amoureuse, il faut trouver des points d'appui, des prises, des ressauts qui permettent de continuer, d'avancer encore un peu, de gagner quelques mètres, quelques minutes, c'est une ascension en montagne, sans quoi la parole vient à manquer, la gêne s'installe et, très vite, on perd pied.

« Chère Madame… » ai-je tapé sur mon ordinateur, un verre de vin posé à côté du clavier.

J'ai effacé et j'ai écrit :

« Chère Elisabeth Rongières… »

Dans le milieu de l'édition, on utilise volontiers le prénom suivi du nom. Mais faisions-nous partie du même milieu ? J'avais signé deux biographies sportives, cela ne faisait pas de moi un écrivain. Je ne devais pas simuler une connivence qui n'existait pas, qui n'avait pas lieu d'être. Elle était l'épouse d'un auteur célèbre, une gardienne du temple, je n'étais qu'un petit journaliste sportif, un commentateur des jeux du cirque.

« Chère Madame », retapai-je.

Je me ravisai : le « Chère » était-il de trop ? Mais un « Madame » esseulé me parut cérémonieux. De toute façon, il serait toujours temps d'apporter des modifications une fois la lettre achevée, je ne comptais pas l'envoyer tout de suite, fidèle à mon habitude j'attendrais quelques heures avant de me relire posément.

« Je me permets de m'adresser à vous sans avoir été présenté. Mon nom est Paul Ribot. Je suis journaliste à *Paris-Turf*, spécialiste de sport hippique. »

Sport hippique me semblait assez vague pour englober d'autres activités que les courses. Rongières n'aimait peut-être que les attelages et les concours d'attelages, il y a des gens allergiques aux pur-sang et au PMU.

Quant à Paul Ribot, c'est le pseudonyme que j'emploie pour signer mes articles. Il a le mérite d'être court, facile à retenir. Ribot est le nom d'un grand cheval, peut-être même du plus grand champion de tous les temps. Deux fois vainqueur du prix de l'Arc-de-Triomphe dans les années cinquante, il a accompli un exploit rarissime : se retirer invaincu. Engagé dans seize courses, il les gagna toutes. Seize, le nombre peut paraître limité, mais les carrières des cracks sont assez brèves, avant qu'ils ne s'émoussent leurs propriétaires préfèrent les orienter vers la reproduction. Il partit pour les États-Unis, quittant les champs de course au sommet de sa gloire, comme on dit, sans la moindre tache à son palmarès.

« J'ai appris, récemment, la passion de François Rongières pour le cheval. Elle nous est commune. Depuis plus de dix ans, en effet, j'ai consacré l'essentiel de mon temps à célébrer la beauté et la noblesse de cet extraordinaire animal.

Me serait-il possible, dans les prochaines semaines, d'avoir un entretien avec lui ? Je m'en remets à vous car je le sais très occupé, et ne souhaite en aucun cas l'importuner. »

Je bus une gorgée avant de poursuivre.

« Dans un premier temps, j'aimerais publier un entretien dans le supplément dominical de *Paris-Turf*. J'ai aussi un projet de livre, je vous en parlerai.

Bien entendu, j'accepterai vos remarques et vos conditions. Je suis discret, adaptable. Vous aurez un droit de regard sur les textes issus de nos échanges, que je vous ferai parvenir dès que possible. S'ils ne vous satisfont pas, ils ne verront pas le jour.

En espérant que ma démarche, sans doute inhabituelle, puisse vous intéresser, je vous prie, Madame, de recevoir l'assurance de mes sentiments respectueux,

Paul Ribot »

La formule de politesse était assez soutenue, s'agissant d'un mail. Les usagers d'Internet sont des camarades de révolution numérique, ils croient à un monde plus immédiat et plus accessible, sur la toile la spontanéité est de mise.

Mais les bonnes manières, pensai-je, ne gâchent rien. Il s'agissait de montrer patte blanche, quitte à apparaître un peu vieux jeu.

Si je ne recevais pas de réponse, j'en informerais mon éditeur, qui déciderait de la suite des opérations. Il se pouvait aussi que la femme de l'écrivain se montre méfiante. Elle voudrait savoir comment j'avais obtenu son mail. Peut-être menacerait-elle de se plaindre à mon rédacteur en chef... Il faudrait trouver la parade, arrondir les angles. La partie était loin d'être gagnée.

Son adresse mail m'intriguait. Je me souvenais du poème d'Apollinaire, extrait du recueil *Alcools*. Je retrouvai, au milieu de mes livres (on aurait difficilement pu qualifier de bibliothèque ces quelques rayons branlants chargés de volumes de toutes sortes, empilés ou debout, le dos indifféremment orienté vers l'intérieur ou l'extérieur, mêlés de cartons d'invitation, de feuilles griffonnées, de carnets, le tout généreusement recouvert de poussière, comme si j'avais voulu constituer une sorte de magma, de concentré de désordre), le vieil exemplaire écorné, sali, du Livre de Poche dont j'avais si souvent tourné les pages, que j'emportais partout, dans ma jeunesse.

Si j'avais bonne mémoire, la Lorelei était une nymphe ou une fée qui, rendue inconsolable par la perte de son amant, s'était jetée dans le Rhin du haut d'un grand rocher, à l'endroit où le fleuve est le plus profond. Je lus, au hasard :

Mon amant est parti pour un pays lointain
Faites-moi donc mourir puisque je n'aime rien

En fin d'après-midi j'apportai quelques retouches à la lettre, la trouvai acceptable et cliquai sur la touche envoi.

Pendant la soirée je guettai un retour, ouvrant ma messagerie toutes les dix minutes. J'essayai de me raisonner : ces choses-là prenaient du temps. Il fallait qu'elle demande son avis à Rongières (si, d'emblée, elle n'avait pas jugé ma requête irrecevable). Quant au grand homme, nul doute qu'il réserverait sa réponse, avancerait toutes sortes de précautions et d'exigences.

En fin de soirée, j'arrivai à la conclusion que mes chances de succès étaient infimes. Je commençai à élaborer le récit de mon échec, tel que je devrais le servir à mon éditeur, en espérant qu'il ne m'en tienne pas rigueur.

Je l'aimais bien, malgré ses défauts. Et puis, j'avais un livre à lui proposer. Un projet plus personnel que les précédents : je voulais raconter ma découverte des courses, pendant mon adolescence. Cette fois, je parlerais de moi. Je raconterais mon histoire. Comment, à Madrid (j'y avais vécu la première partie de ma vie), je me rendais seul à l'hippodrome et y passais de longs après-midi à évaluer les chances des chevaux, à les observer tourner dans le paddock, à analyser le déroulement des courses. Je ne pariais pas, ou bien des sommes dérisoires, quelques pesetas. Curieusement, le règlement n'interdisait pas à un mineur non accompagné de faire la queue au guichet et de jouer comme tout un chacun. C'était d'ailleurs un jeu d'enfant : je gagnais souvent. Aujourd'hui je ne gagne jamais, comme si mon expérience du milieu et les tuyaux qu'on me refile parfois ne m'étaient d'aucune utilité. Avec le temps, la connaissance augmente et la grâce se perd.

Vers minuit, j'ai fermé l'ordinateur et je suis allé me coucher. J'étais d'humeur fataliste, persuadé de n'avoir jamais de nouvelles de cette Elisabeth Rongières qu'il me faudrait bien vite oublier.

En fin de compte, ce ne serait qu'un nom de plus à effacer de ma mémoire, comme j'avais dû en effacer tant d'autres. Des noms féminins, pour la plupart. Femmes fugacement apparues, voguant sur l'aile du hasard, dont j'avais espéré des marques d'attention, si chichement accordées, avant qu'elles ne s'éloignent à jamais. Je les avais suivies, guettées, attendant jusqu'au dernier instant, mais elles ne s'étaient pas retournées.

Il y a dans le fatalisme – dans cette conviction que le bonheur est impossible, qu'il n'y a rien à faire, rien à espérer – une souffrance, mais aussi un réconfort.

On est triste et solide comme un roc. Mais l'illusion du futur nous est accordée, telle une infinie revanche, une immense réparation. Comme si la vie n'avait pas encore commencé et qu'elle demeurait là, intacte, en puissance, riche de toutes ses possibilités.

La place de la Sorbonne avait des allures de place de village méridional, avec sa fontaine et ses cafés à touche-touche. Des étudiants allaient et venaient, cigarette aux lèvres – on fumait encore beaucoup, en ce temps-là. Plus loin, le boulevard Saint-Michel et sa circulation dense signalaient le début de la vraie ville, ou de la vraie vie, celle des obligations qu'il faudrait bien affronter, un jour.

Elisabeth se tenait à ma gauche. Pour quelqu'un qui n'avait jamais marché dans la rue à côté d'une femme, je ne m'en sortais pas trop mal. Je ne bafouillais pas, ne trébuchais pas, j'étais capable de parler et, en même temps, d'avancer alternativement les jambes. J'affichais même, par instants, une forme de décontraction, d'aplomb. Telle était mon impression, en tout cas. Un miracle était-il en train de se produire ?

— On peut s'asseoir là, hasardai-je en montrant l'un des cafés à notre gauche (j'en avais visité quelques-uns au cours des semaines précédentes, pour prendre un crème ou un demi, seul ou en compagnie d'un garçon sympathique que j'avais rencontré devant le bureau des inscriptions, ma première rencontre d'étudiant).

— Non, dit-elle. Pas là. Allons plus loin.

Ce qui voulait dire qu'elle acceptait. Ailleurs, mais elle acceptait. Soudain, tout semblait devenu facile.

Sa négative initiale, toutefois, était un peu surprenante. Que reprochait-elle à ces cafés sorbonnards ? Elle semblait avoir des critères bien établis. Les trouvait-elle trop bruyants ? Craignait-elle d'y rencontrer quelqu'un ? D'y être vue avec moi ?

Je n'eus pas le temps de creuser la question. Il fallait marcher et continuer à parler, ne pas laisser le silence s'installer.

Nous longeâmes la librairie des Puf, située à l'angle du boulevard Saint-Michel.

— Une minute, dit-elle. Il faut que j'achète quelque chose.

— D'accord.

Elle me considéra pendant une fraction de seconde.

— Viens.

J'étais déjà entré dans cette librairie. Il y avait un escalier en colimaçon qui montait à l'étage, si étroit qu'il était impossible de s'y engager à deux, ou d'y croiser quelqu'un. Fidèle à son nom, c'était une librairie d'étudiants et de professeurs, saturée d'ouvrages mais un peu négligée, à mi-chemin de la librairie de ville et de l'entrepôt, qui proposait tous les textes au programme des classes préparatoires et de la Sorbonne, en plus des nouveautés du jour.

Elle se dirigea d'un pas décidé vers le fond du magasin. Apparemment, l'endroit lui était familier. Sur les étagères, les éditions courantes et les poches se mêlaient, le rangement se faisait par nom d'auteur.

— Et voilà ! se réjouit-elle en exhibant un exemplaire des *Filles du feu,* dans la collection Garnier Flammarion. La couverture blanche et grise affichait un détail du célèbre tableau de Corot, *Souvenir de Mortefontaine* : un grand arbre romantique au feuillage agité par le vent.

— Nerval, dit-elle, c'est super.

Elle se dirigea vers la caisse. Je la suivis.

Participer à l'achat d'un livre en compagnie d'une jeune femme me faisait l'effet d'une aventure extraordinaire. Chacun des clients, des employés de l'établissement qui s'affairaient autour de nous pouvait nous remarquer (tout du moins en théorie, en vérité ils ne nous prêtaient pas la moindre attention) et se dire que nous étions *ensemble*. Le maléfice était rompu. En quelques instants, ma vie avait basculé.

En y repensant, cette visite à la librairie des Puf, d'une durée d'environ cinq minutes, m'apparaît non seulement comme l'épisode inaugural mais aussi comme le point culminant, le moment le plus intense et le plus abouti de notre relation.

La librairie a fermé ses portes en 2006, au grand regret de professeurs, d'élus du quartier, d'associations de riverains qui ont fait circuler une pétition. Au cours d'une récente promenade, cependant, j'ai remarqué que le magasin qui l'avait remplacée, aux couleurs d'une enseigne de vêtements de sport, a lui aussi fermé (dans l'indifférence générale, cette fois), remplacé par un établissement de restauration rapide. Un jour, qui sait, un cycle s'étant accompli, une autre librairie ouvrira au même endroit.

— Suis-moi, dit-elle.

Nous remontâmes le boulevard Saint-Michel, traversâmes la rue Soufflot. Je me laissais guider, de toute évidence elle connaissait le quartier mieux que moi.

— Ça te va, ici ?

— Oui, très bien.

C'était un établissement de taille moyenne, à l'atmosphère plus feutrée que les bistros de la Sorbonne. Deux serveurs se tenaient debout, la cravate noire bien ajustée, attentifs aux consommateurs. Il n'y avait pas d'étudiants mais une clientèle plus âgée, des habitants du quartier, des promeneurs du Luxembourg venus prendre un thé, un couple de touristes. Nous étions au commencement de la rue Gay-Lussac.

Contre le mur, des box étaient alignés, séparés par une cloison en bois. Nous nous installâmes dans celui du milieu, ignorant qu'il deviendrait bientôt notre point de ralliement, notre refuge au cœur de Paris.

Depuis, il m'est arrivé plusieurs fois de passer devant ce café et de jeter un coup d'œil à l'intérieur. Mais je ne suis plus jamais entré. La décoration a changé, les box ont disparu, je crois que cela ne se fait plus.

J'essaye de me souvenir. Nous avions fait, comme des jeunes gens sages, nos présentations. Je lui avais parlé de Madrid, où j'avais laissé mes parents. Pour la première fois de ma vie, je vivais seul dans un petit appartement, aux abords du cimetière du Montparnasse, que mon père louait pour moi.

En vérité, je n'étais pas tout à fait seul : il y avait Paris. Une ville peut faire office de compagnon ou de compagne, au moins pendant un certain temps. Quand j'en avais l'occasion (très souvent, l'emploi du temps en première année de Lettres modernes n'était guère contraignant), je m'aventurais dans un quartier différent.

Aujourd'hui, décidais-je, ce sera Montmartre. Un autre jour était consacré à l'exploration du Marais. Ou du quartier de l'Opéra. Je préparais une petite excursion à l'aide d'un plan sur lequel j'inscrivais des marques, dessinais des itinéraires. Je ne connaissais personne, n'avais aucun point de chute à l'exception d'une tante qui habitait boulevard Soult, dans le douzième arrondissement, mais la découverte de Paris me suffisait. On a les histoires d'amour qu'on peut.

Au fil de la conversation, Elisabeth m'apprit qu'elle était la fille d'un général de l'armée de l'air. Cela m'impressionna. En outre, elle avait un frère, étudiant en droit, et habitait chez ses parents, près de la mairie du quinzième.

Elle me révéla son nom : Vuibert. Elle ajouta : comme les annales du baccalauréat. Mais elle précisa qu'elle n'avait aucun lien de parenté avec l'éditeur de ces brochures.

La décision de se revoir fut prise, comme allant de soi.

— Si tu veux, dit-elle, on se retrouve ici. Après-demain, à la même heure.

J'approuvai vigoureusement.

J'insistai pour payer nos deux crèmes, l'accompagnai jusqu'à l'arrêt du 89, place Edmond-Rostand, devant l'agence Air France. Après avoir montré au conducteur sa carte orange (il suffisait de la brandir en grimpant dans le bus), elle se retourna et me fit un signe de la main, assez énergique, que je lui rendis.

Je revins chez moi en traversant le Luxembourg, le cœur léger, profondément satisfait de ma rencontre, persuadé qu'un bouleversement venait de se produire dans ma vie.

Elisabeth Rongières me répondrait-elle ? Je m'étais couché sans beaucoup d'espoir.

Au réveil, la vue de mon ordinateur me rappela désagréablement l'affaire qui m'occupait (et occupait l'esprit de mon éditeur). N'aurais-je pas dû refuser net, prétexter une importante charge de travail à *Paris-Turf*, des obligations pressantes, un séjour chez ma mère vieillissante qui me réclamait ? Batet ne m'en aurait pas fait le reproche. En revanche, il m'en voudrait si j'échouais. Une fois encore, je me suis adressé le lancinant reproche : je n'avais pas su dire non.

À la télévision, les nouvelles reprenaient celles de la veille. Quelque part dans le monde, à des milliers de kilomètres, une forêt n'en finissait pas de brûler.

J'allumai l'ordinateur. J'avais un message.

Elle me l'avait adressé à trois heures du matin. Trois heures vingt-sept minutes, très précisément. Cette heure tardive ne correspondait guère à l'idée que je me faisais d'un couple vivant à la campagne, possédant des chevaux, dont je supposais qu'il se levait et se couchait tôt, après une journée bien remplie, rythmée par des activités laissant peu de place à l'improvisation et au caprice.

Je suis, pour ma part, assez peu organisé. Certains soirs je m'endors à une heure raisonnable, d'autres à six heures du matin. Je fais rarement le ménage, ou bien de manière impulsive, quand le désordre me submerge et m'empêche de réfléchir correctement, rendant tout travail impossible. Le courrier en attente s'accumule sur mon bureau. J'ai toujours envié les gens méthodiques, qui réservent aux tâches domestiques une plage horaire déterminée. Comment s'y prennent-ils ?

Constater qu'il existe des individus dont le mode de vie est aussi chaotique que le mien me rassure. Ce qui provoque la souffrance, ce n'est pas tant ce que nous endurons que l'idée que nous sommes seuls à l'affronter. Un désagrément se transforme vite en fardeau, si nous en avons l'exclusivité.

J'ai attendu avant d'ouvrir le mail. J'éprouvais une crainte, comme si j'allais lire le résultat d'un examen. L'heure tardive de l'envoi semblait néanmoins de bon augure. En tout cas, cela donnait au message un caractère personnel. Une femme qui, dans une maison de campagne, veillait au-delà de trois heures du matin et ne s'en cachait pas avait droit à toute ma sympathie.

J'imaginai une nature rêveuse, à la fois sincère et peu conventionnelle. J'ai toujours eu un faible pour les oiseaux de nuit.

« Cher Paul Ribot,

Merci de vous être adressé à moi. Votre idée est excellente : dès demain matin, je vais en parler à François. Comme vous le savez peut-être, il se méfie des entretiens car il a eu, dans le passé, des mésaventures. Ses propos ont souvent été déformés. Mais le cheval est devenu sa passion et je crois qu'il envisagera votre proposition avec intérêt. En tout cas, je ferai de mon mieux pour le convaincre.

Je vous tiens au courant, dès que possible.

À très vite,

Elisabeth Rongières »

Je la remerciai avec chaleur. J'étais sincère : sa réponse encourageante m'avait fait grand plaisir.

Voulais-je, à tout prix, combler mon éditeur ? Ou bien la perspective de rencontrer enfin François Rongières, en chair et en os, me faisait-elle plus d'effet que je ne pensais ?

Peut-être avais-je aussi besoin de changer d'air, de quitter Paris quelques jours. Marcher dans la campagne, m'ouvrir les poumons, dormir sous un autre toit…

Et puis, j'étais impatient de la connaître, elle. Son nom circulait dans ma tête, irriguait mon imagination depuis plus d'une semaine. J'avais longuement cherché sa trace sur Internet, sans succès. Elle n'était inscrite sur aucun réseau social (en tout cas, pas sous ce nom-là), n'apparaissait sur aucune photo aux côtés de son mari.

Elle tint parole : deux jours plus tard, elle me proposa une date. Elle viendrait me chercher, elle-même, à la gare de Cosne-sur-Loire. En outre, elle se chargeait de me réserver une chambre dans un petit hôtel – simple mais confortable, précisait-elle – situé à Donzy, le village le plus proche de la propriété.

Rongières m'accorderait un entretien d'une heure chaque jour, pas davantage, car les longues conversations l'épuisaient. Elle ne stipulait pas quelle serait la durée de mon séjour. Je tablai prudemment sur trois jours. Cela suffirait, j'aurais assez de matériel pour un entretien et un article.

Le reste de la journée, je me promis de faire des promenades sur les chemins de campagne (la Nièvre était une région verdoyante, joliment vallonnée, que j'avais envie d'explorer), et de mettre au propre, assis à une table de café, le résultat de mes rencontres.

Je m'imaginais volontiers dans un bistro donnant sur une place de village, mes feuilles étalées sur la table, sirotant un verre de blanc, observant le va-et-vient des habitués. J'emportais mon vieil enregistreur Sony, rudimentaire mais robuste, muni d'écouteurs, que j'utilisais plus volontiers qu'un smartphone (j'ai une tendresse pour les objets simples, qui ne savent faire qu'une seule chose).

Deux jours avant mon départ, je reçus un mail lapidaire :

« Cher Monsieur,

Pas de politique. Pas de philosophie à bon compte. Pas d'histoires d'éditeurs.

Le sujet qui nous importe.
Cordialement,
FR »

Je devais partir lundi. Tout le week-end, je préparai consciencieusement l'entretien. Par expérience, je savais que les questions rédigées à l'avance ne sont pas toujours pertinentes le moment venu, qu'on en tricote de nouvelles au fur et à mesure. Mais je préférais quitter le port en ayant quelques biscuits dans la soute.

Tout allait pour le mieux quand, dimanche soir, je reçus un coup de fil de mon éditeur. Il m'appelait rarement, et moins encore le week-end.

— Vous n'êtes pas verni, Waxman.

— Ah…

— Rongières vient d'avoir un accident cérébral. Un AVC, si vous préférez. Il est à l'hôpital de Nevers. Fabergé vient de m'appeler. Ils étaient ensemble quand c'est arrivé.

— L'hôpital ? prononçai-je lentement, comme si le sens du mot m'échappait.

— Oui. Il est à l'hôpital. Je crois que c'est fichu, pour l'entretien.

Batet n'est pas du genre défaitiste. Il fait partie de ces gens qui renoncent difficilement, persuadés qu'il y a toujours moyen d'arriver à leurs fins.

Un raccourci à trouver, un passage où se faufiler, une stratégie mieux adaptée. Mais, cette fois, il semblait décontenancé.

— Vous partiez demain, c'est ça ?

— Oui. Vous étiez au courant ?

— Fabergé m'avait prévenu.

— Je vais me renseigner.

— C'est ça, renseignez-vous. Et appelez-moi.

Il raccrocha.

Toute la soirée, j'hésitai. Je n'osais pas adresser un mail à Elisabeth Rongières. Elle devait être sous le choc. Et puis, je ne voulais pas paraître trop bien informé. J'avais présenté ma démarche comme une initiative personnelle, elle ignorait tout de mon éditeur et de sa relation avec leur voisin Fabergé, dont le nom n'avait jamais été mentionné dans nos échanges.

Je décidai d'attendre un peu.

Mais le lendemain matin, je reçus un message.

« Cher Paul Ribot,

François a eu un malaise hier, en sortant du box notre jument Litote. Il n'arrivait plus à parler. Les médecins appellent ça une ischémie. Il vient de passer la nuit à l'hôpital, en observation. Il va faire des examens. Si les résultats sont satisfaisants, il rentrera à la maison. Vous savez comment sont les hôpitaux, ils vous renvoient dès qu'ils le peuvent.

S'il vous plaît, ne modifiez pas vos plans. Attendez quelques jours, laissez-nous un peu de temps. Mais venez, je vous en prie.

À bientôt.

Je compte sur vous.

Elisabeth Rongières »

Je suis resté assis un long moment, immobile.

J'ai pensé : elle me demande de venir. C'est elle qui me sollicite.

En dépit des circonstances, j'ai senti qu'un large sourire intérieur se déployait en moi. Bien entendu, j'allais répondre favorablement.

Toutefois, il fallait que je tienne mon éditeur informé. Que lui dire ? J'avais besoin, moi aussi, de gagner du temps. Je tapai :

« Cher Gérard,

J'ai essayé plusieurs fois de joindre Elisabeth Rongières. Aucune réponse, pour le moment. J'ai laissé un message. Je vous appelle quand j'ai du nouveau.

Bien à vous,

Philippe »

Depuis quelques années, je prends souvent le train. Chaque fois, en tout cas, que mon rédacteur en chef a la bonne idée de m'envoyer en reportage, pour assister à un meeting important, à une vente de yearlings, visiter un centre d'entraînement ou un haras.

J'ai rarement droit à une nuit d'hôtel et je rentre le soir même.

Ces voyages éclair, comme les pratiquent bon nombre de cadres ou de commerciaux, quittant leur ville pour une seule réunion, une seule présentation PowerPoint, me laissent un curieux goût dans la bouche. Tant d'agitation pour si peu ! Quand cela m'arrive, j'ai l'impression de faire injure à la petite ville, à la jolie campagne, à la région qui a eu l'amabilité de me recevoir. Je viens d'arriver, et déjà je vous quitte… Désolé, je n'ai pas fait le voyage pour vous. Je n'ai pas eu le temps de regarder, juste un coup d'œil en sortant de la gare, dans le taxi. La prochaine fois, c'est promis, nous ferons vraiment connaissance.

Parfois, quand j'en ai la possibilité, je prolonge le séjour et passe une nuit sur place, à mes frais, dans un petit hôtel.

À l'heure du dîner, je sors de ma chambre. C'est le moment de la journée que je préfère. J'essaye de trouver une bonne table, proposant une cuisine locale. Je ne suis pas un gastronome averti, mais je me ménage tout de même quelques petits plaisirs (des plaisirs solitaires, il faut bien l'admettre). Parfois je consulte un guide touristique mais, le plus souvent, je demande conseil au réceptionniste de l'hôtel ou à un passant. C'est étonnant comme ces moments-là (les promenades vespérales dans les rues désertes d'une petite ville de province, à la recherche d'un restaurant ou d'un bistro) s'inscrivent avec netteté dans ma mémoire.

Mes pas résonnent sur des trottoirs inconnus, je lis avec curiosité les noms de rue sur les plaques, le décor est banal et pourtant je me sens différent, j'ai l'impression d'être devenu le personnage d'un film. Un film de la Nouvelle Vague, du côté de Truffaut ou de Chabrol. Ou, mieux encore, de Melville, qui filmait si bien les murs et les trottoirs.

Longtemps, j'ai évité le train. L'avion était mon moyen de transport par défaut. Je m'en suis lassé.

On passe sa vie à aborder les gens, à chercher des amis perdus de vue, à s'inscrire sur des sites de rencontre et voilà qu'on monte dans un avion et tout ce qu'on souhaite c'est de s'asseoir à distance des autres passagers, laisser le plus de fauteuils vides entre eux et nous.

En train, je me sens plus libre. Je peux bouger de mon siège. Il y a moyen de voyager à l'intérieur d'un train, ce qui n'est guère possible en avion. Le voyage à l'intérieur du voyage, voilà le vrai luxe.

La gare de Lyon s'est éloignée et, soudain, je me suis mis à faire attention aux arbres. L'automne avance, ai-je constaté.

J'ai pensé à mon premier automne à Paris, vingt-cinq ans plus tôt.

J'avais cette impression, je m'en rappelle, de voyager vers l'hiver. Le cœur de la ville se blottissait là, j'en avais l'intuition, un cœur à la fois sombre et blanc qui m'attendait au plus profond de la saison. L'été, la ville appartient à tout le monde, aux touristes du monde entier, mais l'hiver elle n'est plus qu'à quelques-uns. J'ai découvert à Paris ce qu'était l'hiver et ce qu'était la nuit. C'est en marchant seul dans ses rues, en décembre ou janvier, après minuit, que j'ai éprouvé avec le plus d'acuité la sensation d'être vivant.

Elisabeth et moi, nous nous retrouvions tous les deux ou trois jours, en fin d'après-midi, dans le café de la rue Gay-Lussac. Assis au même endroit. Il y avait ce petit suspense, savoir si nous aurions notre table, si le destin nous l'avait mise de côté, si le charme ne serait pas rompu. Le box était libre, notre histoire pouvait donc se poursuivre.

Nous ne parlions jamais d'amour. Il n'y avait entre nous aucun contact physique, à l'exception d'une bise sur la joue en arrivant. J'étais dans l'incapacité de faire un premier geste. Assis en face d'elle, je regardais sa main mais ne la prenais pas. Elle maintenait ses distances, sans pour autant se montrer froide. Je la sentais détendue, à l'aise comme si la situation lui convenait.

Je commençai à me poser des questions : ce que j'avais pris pour une relation amoureuse en était-elle une, en fin de compte ? Mon inexpérience m'avait-elle joué un tour ? N'étions-nous pas, insidieusement, en train de devenir amis ?

Un jour, elle m'apprit une chose fâcheuse. Il y avait quelqu'un. Un garçon qu'elle avait connu au lycée, en seconde. Je n'osai pas l'interroger. Je crois que je n'étais pas prêt à en apprendre davantage. Devant elle, j'essayai de dissimuler ma déception mais, cette après-midi-là, après l'avoir quittée devant l'arrêt de bus de la place Edmond-Rostand, ne sachant où aller, dans quelle direction me perdre, je descendis la rue de Médicis, me laissai glisser sur la pente, et j'errai dans les rues du quartier de l'Odéon avec la conviction que je ne la reverrais plus.

En gare de Gien, où le train a fait un arrêt d'une dizaine de minutes sans qu'aucune explication ne suinte des haut-parleurs, j'ai contemplé une plaque émaillée bleue et blanche en forme de flèche sur laquelle était écrit en relief, dans une calligraphie un peu désuète : Château-musée de la Chasse.

Voilà, j'ai pensé, j'entre dans l'arrière-pays. Je rejoins brumes et marais, villages et forêts. Adieu les métropoles orgueilleuses, interconnectées, cernées de pôles d'activité. Voici le pays coi, le pays transi, qui se tient à l'écart.

Le train est reparti lentement, comme à regret. On entendait le crissement des roues, le tremblement des essieux. C'était un wagon ancien, techniquement dépassé, peut-être en retraite différée faute d'investissements et parce qu'il s'agissait d'une ligne peu rentable, avec un soupçon de roulis, réminiscence d'un autre temps, d'un autre siècle, un lointain écho de diligence ou de malle-poste.

Je regardai ma montre : dans une demi-heure, je ferais la connaissance d'Elisabeth Rongières. Elle m'attendait à la gare, c'est en tout cas ce qu'elle avait promis.

Je ne voulais pas la décevoir. J'avais beaucoup pensé à elle au cours des deux dernières semaines, depuis que mon éditeur m'avait appris son existence. Je l'avais imaginée : brune mais le teint clair, plutôt élancée. De l'allure, du tranchant. J'étais sans doute à côté de la plaque. J'avais décortiqué ses mails, soupesé ses mots.

J'avais cherché des indices sur Internet, interrogé un vieil ami, employé dans une agence littéraire quelques années plus tôt.

« Je ne sais rien de sa femme. Il y a cinq ou six ans, *Le Magazine littéraire* a publié un dossier sur lui, tu pourrais y jeter un coup d'œil. »

Dans une bibliothèque publique, j'avais réussi à mettre la main sur le numéro de la revue, mars 2013, mais je n'avais rien appris. Des photos anciennes, peu nombreuses, aucune trace d'Elisabeth.

Dans l'esprit de mon ami, Rongières était une voix prestigieuse mais presque tue, un écrivain vivant qui aurait, tout aussi bien, pu être mort. Le client d'un hôtel ayant fait ses valises, réglé sa note, qui attend dans sa chambre le coup de fil de la réception lui annonçant l'arrivée de son taxi.

Une dizaine de voyageurs sont descendus sur le quai, se sont dirigés vers un portillon en fer donnant sur une petite place.

Le week-end et les jours fériés, il n'y a plus de guichet permanent à la gare de Cosne-sur-Loire. On ne peut même plus pénétrer dans le bâtiment, accéder aux quelques sièges en bois fixés au mur, ou à la machine à boissons et à en-cas, qu'on aperçoit à travers les croisillons de la porte, sous un néon verdâtre qui reste allumé en permanence. Un distributeur situé sur le quai, sous un auvent, permet de se procurer des billets.

Il avait plu, le sol était mouillé.

Elle devait être là, parmi ceux qui attendaient à l'extérieur, derrière la grille. Je marchai lentement, laissant les voyageurs les plus pressés me devancer.

Dans ces circonstances difficiles, je voulais apparaître comme quelqu'un d'équilibré, de mesuré. Un homme sans inutiles prétentions, qui ne cherche pas à se mettre en avant, mais sur lequel on peut compter. Un homme qui inspire confiance.

La situation était singulière, pleine d'incertitudes. Rongières serait-il en mesure de répondre à mes questions ? Supporterait-il un entretien d'une heure ? Ma mission pouvait fort bien échouer, j'en étais conscient.

J'aperçus dans le petit attroupement (une quinzaine de personnes) une femme assez grande, élégante, vêtue d'un manteau beige. L'épouse d'un médecin ou d'un notaire, aurais-je répondu spontanément, s'il m'avait fallu deviner. C'était peut-être elle. Je n'en avais sûrement pas fini avec les surprises.

Mais la femme serra dans ses bras un jeune homme en parka bleu marine, portant à l'épaule un gros sac en toile. Son fils rentrant pour le week-end, sans doute. Aucune des autres personnes présentes ne me sembla susceptible d'incarner l'Elisabeth Rongières que j'avais imaginée. Avait-elle eu un empêchement ? Ou bien, qui sait, m'avait-elle oublié ? Imprudemment, nous n'avions pas échangé nos numéros de portable. Elle ne me l'avait pas proposé et, par une sorte de prévenance ou de timidité, je ne le lui avais pas demandé. Le rendez-vous s'effectuait sans filet technologique, dans les conditions du siècle dernier.

Je fus tenté d'aller consulter, sur le bâtiment de la gare, le tableau des trains en partance pour Paris.

La plupart des voyageurs s'étaient dispersés, rejoignant les voitures garées sur la place ou s'éloignant à pied dans les rues du bourg sans demander leur reste. Le ciel était gris, la pluie menaçait, il soufflait un vent coulis qui ne donnait pas envie de s'attarder (comme chacun sait, les gares sont le refuge des courants d'air les plus retors). Je commençais à pester contre mes hôtes, et contre moi-même, lorsqu'une toute jeune fille, à laquelle je n'avais pas prêté attention et qui se tenait à une dizaine de mètres, sur la chaussée, leva la main en regardant dans ma direction. Elle n'avait pas seize ans et mesurait tout au plus un mètre cinquante.

J'eus un doute : était-ce bien moi qu'elle regardait ? Je me retournai pour voir s'il y avait quelqu'un dans mon dos. Personne. Ce geste et ce regard m'étaient donc adressés.

Elle s'avança, parcourut d'un pas vif la distance qui nous séparait, un petit sourire aux lèvres. Elle avait les cheveux très courts, blonds, coupés en brosse sur le devant. Son blouson en jean bleu pâle était beaucoup trop grand pour elle, ses mains disparaissaient dans les manches, peut-être l'avait-elle emprunté à son frère aîné. Ses pantalons gris, en revanche, serraient étroitement ses cuisses et ses genoux.

— Vous êtes Paul ?

— Oui.

— Tiffany.

— Bonjour.

— Elisabeth n'a pas pu venir.

Je lui tendis la main. La sienne était toute fine, mais vigoureuse et chaude.

— Maldoror tousse. Le véto doit passer cet après-midi.

— Maldoror ?

— C'est un cheval.

— Ah, d'accord.

Je laissai filer quelques secondes avant d'ajouter :

— On attend l'autobus ?

Sur la place, il n'y avait plus aucune voiture en stationnement.

— Non. Je suis venue avec le camion.

Je levai les yeux. De l'autre côté, devant le café PMU, un van blanc était garé en batterie.

Je ne voyais pas si quelqu'un était assis sur le siège du conducteur.

— Venez.

Je la suivis. Un panneau rouge et blanc, fixé sur la porte arrière, indiquait « Transport de chevaux ». Il n'y avait personne derrière le volant.

— Qui va conduire ? demandai-je.

— Moi. J'ai mon permis.

Elle s'esclaffa :

— C'est toujours comme ça. J'ai dix-huit ans, mais les gens croient que j'en ai quinze !

Je la regardai s'installer. Pour atteindre le marchepied, il lui fallut faire un bond en s'accrochant à la poignée. Elle avait disposé, contre le dossier, une carcasse de pneu usagé, qui lui servait à caler son dos. Elle se posa sur le bout du siège, les bras tendus à l'horizontale, les jambes presque droites. Mais le dispositif était efficace : ses pieds, je le constatai, touchaient les pédales.

Elle n'était en rien difforme, n'avait aucun défaut de proportion. Seulement, elle était très petite et menue. Au jugé, elle ne devait pas peser plus de quarante kilos.

Je remarquai qu'elle portait de curieuses bottines à bout carré, assez abîmées.

— C'est parti, lança-t-elle avec entrain.

Elle conduisait bien. En souplesse, sans à-coups, comme si elle avait des années de pratique.

À la sortie de Cosne-sur-Loire, après avoir traversé une petite zone commerciale, un rayon de soleil transperça les nuages. La chaussée avait séché. Nous roulions à bon rythme, sans excès toutefois.

C'était une belle campagne, profonde, vallonnée. Des bois aux contours bien dessinés se dressaient au sommet des collines, entre les champs labourés. La route était étroite, en bon état. Le ruban de goudron semblait aussi gras que la terre qui le portait. Il y avait peu de maisons, et (remarquai-je avec satisfaction) aucun lotissement.

— Vous connaissez bien les chevaux ? avançai-je pour tenter de faire naître une conversation.

— Je suis lad. Mais je vais devenir jockey. En janvier, j'entre chez un entraîneur comme apprentie.

— Lequel ?

— Jean-Claude Rouget.

— Je le connais.

— C'est vrai ? Il est comment ?

— Très gentil. Un grand professionnel. Il adore son métier.

Huit mois plus tôt, j'avais réalisé un reportage dans son centre d'entraînement, à Pau. Il m'avait fait visiter ses écuries. J'avais caressé le bout du nez de certains des meilleurs chevaux du moment, qui sortaient la tête de leur box pour nous saluer. Ensuite j'avais assisté au travail sur la grande piste, une bande de terre longue de deux kilomètres qui s'enfonce dans la forêt et permet des galops en ligne droite. L'idéal pour apprécier la condition du cheval, doser les accélérations sans avoir à s'inquiéter des virages et de la lice.

— Vous avez déjà monté en course ?

— Oui. Des courses pour apprentis.

— Ah, bien.

— J'ai gagné deux fois. Monsieur Rouget m'a remarquée.

— Félicitations.

— Et vous, c'est vrai que vous écrivez dans *Paris-Turf* ?

— Oui. Qui vous en parlé ?

Je me doutais de la réponse. Mais j'avais envie d'entendre prononcer son nom.

— C'est Monsieur Rongières.

— Ah…

J'avais cru qu'il s'agissait d'Elisabeth.

— Il paraît que vous allez l'interviewer, pour votre journal.

— C'est vrai. Et aussi pour un livre.

— Un livre ?

Quand je suis en présence d'une personne inconnue, dont j'ignore quel est l'intérêt pour la chose écrite, j'hésite toujours à parler de livres. J'ai peur d'être considéré avec méfiance. Je ne veux pas passer pour un snob. Ou, à l'inverse, avoir droit à des commentaires naïvement admiratifs, dont je saurai difficilement me dépêtrer. En général, le mot *livre* n'a pas mauvaise réputation (*littérature* est plus risqué), mais il provoque parfois une certaine gêne. Il donne envie de parler, dans un premier temps, de partager une expérience, un enthousiasme (qui n'a pas quelque chose à dire sur le sujet ?), mais ensuite il creuse le silence.

— Vous allez écrire un livre, tous les deux ? demanda-t-elle avec naturel.

— C'est possible. Enfin, je vais d'abord lui poser des questions et ensuite, peut-être, nous l'écrirons.

— Il m'en a dédicacé un. Je l'ai lu, c'était bien.

Nous sommes passés devant un grand calvaire en béton, perché au sommet d'une colline, sorte de Corcovado des terres agricoles.

Ici et là, des vaches paissaient. Elles étaient de couleur claire, entre le beige et le miel, plus petites et trapues que des normandes, sans doute des nivernaises ou des charolaises.

— Vous êtes d'ici ?

— Pas loin. Mon père est boulanger à Entrains-sur-Nohain.

J'avais l'impression, au fur et à mesure que nous avancions sur la petite route, assez droite mais qui ne cessait de monter et de redescendre, que nous nous enfoncions dans un territoire profond, bien plus éloigné de la capitale que ne pouvait l'être une autre grande ville, même à l'autre bout de la planète. Il n'y avait personne. Nous roulions depuis un moment et nous n'avions pas croisé une seule voiture. Une fois de plus, j'ai constaté que la ligne de démarcation de la modernité s'est déplacée. Elle n'est plus située entre les États, séparant les pays développés des pays en voie de développement, mais à l'intérieur de ceux-ci, entre les territoires connectés et les campagnes, les zones à forte circulation et celles où le temps s'est arrêté, où la vie s'est figée, comme si l'on avait pulvérisé sur ces contrées un gaz anesthésiant, qui aurait atteint le système nerveux de ses habitants. Des contrées qui, peu à peu, sont devenues des confins.

Soudain, j'ai entendu un bruit très fort, comme un coup de marteau assené sur de la tôle. Cela provenait du camion, très certainement. Nous avions heurté quelque chose sur la route, ou bien une pièce de la carrosserie, de l'essieu, s'était brisée. Après quelques secondes, le bruit s'est répété, nettement audible malgré le ronflement du moteur. Une sorte de *clong*.

Je tournai la tête vers Tiffany, un peu inquiet.

Elle partit d'un éclat de rire.

— C'est Litote !

— Litote ?

— Elle est là, derrière. Je l'emmène souvent. Elle adore se promener. C'est le seul cheval qui aime le camion.

— Ah, d'accord ! lançai-je un peu fort.

Ainsi, pensai-je, nous sommes trois… Et, aussitôt, cette pensée s'installa en moi, à la fois cocasse et rassurante, s'y déploya doucement.

Un soleil doré, déclinant, s'étalait sur la campagne. Les tons bruns prédominaient avec, ici et là, des traces de violet et de jaune. C'était intense, profondément reposant. À travers la fenêtre entrouverte, un parfum de terre humide chatouillait les narines.

Après avoir laissé passer un moment, je remarquai :

— On ne voit personne.

— C'est le mois d'octobre.

L'explication était sommaire, mais je décidai de ne pas pousser plus loin.

— Nous arrivons, annonça-t-elle.

Le village ne manquait pas de charme. De belles maisons en pierres apparentes se dressaient le long de la rue principale (rares étaient celles, toutefois, dont les volets n'étaient pas clos). Il y avait même quelques façades médiévales, à colombages. Tiffany se gara devant un petit hôtel donnant sur une place, à deux pas de l'église, l'Hôtel du Monarque.

— On vous a réservé une chambre.

— Il ne fallait pas.

J'étais un peu déçu. Sans trop y croire, j'avais espéré qu'au dernier moment, afin d'éviter les attentes et les trajets, on m'aurait invité à séjourner dans la maison, que j'imaginais assez vaste, possédant des chambres d'ami.

— Elisabeth viendra vous voir tout à l'heure, quand le vétérinaire sera passé.

— Très bien. Je serai là.

Ainsi, c'est elle qui venait à ma rencontre, et non l'inverse. S'agissait-il d'un traitement de faveur, ou d'une mise à distance ? Peut-être souhaitait-elle que nous ayons une conversation préliminaire en tête à tête, mettre les choses au point avant de commencer à travailler.

Le réceptionniste me tendit la clé, accrochée à un porte-clé à boule.

Située au premier étage, la chambre était assez jolie, bien qu'un peu fatiguée. La fenêtre donnait sur la place. Les murs étaient recouverts d'un papier peint à motifs toile de Jouy.

Je m'allongeai sur le lit et regardai le plafond.

Une lumière douce s'étirait depuis la fenêtre, s'étalait sur mes jambes. Il était cinq heures de l'après-midi. Je n'allumai pas la lampe, laissant la chambre s'obscurcir progressivement.

Ainsi, pensai-je, tout se rejoignait : l'écrivain de ma jeunesse, mon métier de journaliste, l'amour du cheval. J'allais, enfin, faire la connaissance du grand homme. Un peu tard, peut-être : il avait soixante-seize ans, je ne le lisais plus depuis des années. Heureusement, sa réputation n'avait pas été ternie par des livres de commande, des interventions répétitives dans les médias. Il avait su maintenir les distances, conserver un certain mystère. Mais l'horloge avait tourné, malgré tout. Son temps s'achevait, l'ombre gagnait.

D'une certaine façon, c'est à lui que je devais d'être entré en journalisme. Je lui avais écrit deux lettres, ça se faisait encore à l'époque, les jeunes gens écrivaient des lettres à leur écrivain favori, ils demandaient parfois à être reçus. La première, je l'avais adressée à son éditeur et, comme je n'avais pas eu de réponse, j'avais envoyé l'autre chez lui, boulevard de Port-Royal (à ma grande surprise, je m'étais aperçu que son nom figurait dans le bottin). Deux lettres travaillées, corrigées, plusieurs fois recopiées. J'avais attendu pendant des semaines. Quelques lignes manuscrites auraient fait mon bonheur. Un accusé de réception, s'il avait été signé de sa main. Mais j'avais dû m'y résoudre : je n'aurais rien. Mes lettres, qu'il avait vraisemblablement reçues (j'aurais préféré que la Poste les ait égarées), n'avaient pas éveillé son intérêt ou sa sympathie, c'était ainsi.

Cet épisode avait fait écho à une autre déconvenue : la fin de ma relation avec Elisabeth Vuibert. Elle s'était envolée pour New York au mois de juin, après la fin des cours, pour effectuer un stage dans une maison d'édition, obtenu par l'entremise d'un cousin de sa mère. Un stage interminable, long de deux mois. Elle devait rentrer en septembre mais, fin août, je reçus une lettre m'annonçant qu'elle prolongeait son séjour. Elle s'était inscrite à l'université Columbia, pour y suivre une formation en histoire de l'art.

Je lui écrivis, mais là encore ma lettre resta sans réponse. Je n'insistai pas. Que pouvais-je faire d'autre ?

Plus tard, j'appris qu'elle avait rencontré un éditeur, un Américain plus âgé qu'elle, jouissant d'une confortable situation, et qu'elle vivait désormais en couple, dans un quartier de Manhattan que j'imaginai chic et bohème, loin de la place de la Sorbonne et plus loin encore du square Saint-Lambert et du métro Vaugirard.

Ce ne fut pas un choc. Plutôt une confirmation : notre relation n'en avait pas été réellement une. La visite à la librairie des Puf n'avait pas posé la première pierre d'un édifice que nous aurions construit ensemble, jour après jour, qui serait devenu notre refuge et notre royaume. Cet édifice, fruit de mon imagination, n'avait jamais existé.

J'aurais préféré une séparation, une dispute. Il y aurait eu quelque chose de brisé, de perdu, un bonheur à regretter. Un nouveau bonheur à espérer. Cet éloignement sans heurts, sans explications, faisait la démonstration qu'il ne s'était rien passé. Il ne s'agissait pas d'une rupture, mais d'un effacement. Comme on efface, sur l'écran de son ordinateur, un paragraphe jugé inutile, sans laisser de traces, sans faire de ratures.

Après l'été, Louis-Charles Vianey, le garçon que j'avais rencontré devant le bureau des inscriptions de la Sorbonne, m'invita à un déjeuner dominical chez ses parents. Ils habitaient rue Claude Bernard, dans le cinquième arrondissement. Je fis la connaissance de son père, un homme d'affaires qui, parmi diverses entreprises plus ou moins pérennes et rentables, publiait deux magazines de sport. L'un était consacré au tennis, l'autre aux sports de glisse. Il avait décidé d'en fonder un troisième, dont il venait de choisir le titre : *Passion Cheval.* Je l'interrogeai à propos de ses activités de patron de presse, m'intéressai à son projet. Ravi de l'attention que je lui portais (son fils le plaisantait à propos de tout), il me proposa d'écrire pour lui. J'acceptai. Louis-Charles haussa les épaules, tenta vaguement de me dissuader.

Le magazine vit le jour, malgré le laisser-aller de son fondateur. En l'observant, j'appris que le monde n'appartient pas qu'aux premiers de la classe. Dans certains domaines – ceux qui ont trait au commerce et à la petite entreprise, notamment – la débrouillardise et la désinvolture sont des vertus précieuses.

C'est ainsi que je devins journaliste. Je pris l'habitude d'écrire vite, et d'en tirer profit (modestement, certes, mais pour de vrai). Dans le journalisme, chaque feuillet représente une somme. Ce ne sont pas des considérations qui ont cours en littérature, sauf pour quelques privilégiés, les rares écrivains à bénéficier d'une vraie cote, une minuscule élite dont les pages valent monnaie sonnante.

La nuit gagnait la campagne, la plongeait dans cette obscurité un peu poisseuse, un peu inquiétante, ce bain d'encre qui, chaque soir, s'étend en dehors des villes.

Je me levai, allai à la fenêtre. Les lampadaires étaient éteints, mais il y avait de la lumière dans les quelques maisons dont les volets n'étaient pas clos – j'en comptai seulement deux. Aujourd'hui, les villages de campagne ressemblent à des stations balnéaires hors saison.

J'ouvris. J'avais envie de respirer l'air du soir. Au loin, le ciel était rose. Dans l'encadrement de la fenêtre, les différents éléments de la place s'agençaient harmonieusement, comme s'ils composaient un tableau. Rien n'avait changé depuis cent ans, pensai-je, hormis quelques détails : les lampadaires, les panneaux de signalisation, le crépi arraché aux façades afin de dévoiler la pierre.

Une voiture surgit du fond de la place et se gara devant l'église. C'était une deux-chevaux, apparition remarquable car on n'en voit plus guère, même dans les campagnes où le modèle pullulait autrefois (les derniers exemplaires sont sortis d'une usine portugaise en 1990). Le ronflement si particulier du moteur remplissait tout l'espace sonore.

Puis le bruit cessa, bien que de manière incertaine, hésitante, comme si la machine n'obéissait qu'à regret à la volonté du conducteur et tentait de jouer les prolongations, de trembler et ronronner quelques secondes supplémentaires.

La portière s'ouvrit, le conducteur apparut.

C'était une conductrice.

Elle avait l'air grande et mince (mais la distance faussait peut-être l'impression visuelle). Ses cheveux étaient sombres, mi-longs. Je distinguais à peine son visage, dans la pénombre. Elle avait un manteau rouge, qui descendait juste en dessous des genoux. Un manteau de bonne coupe, chic, parisien, porté dans des circonstances pour lesquelles il n'avait pas été conçu. Un manteau qui, de guerre lasse, avait renoncé à ses prérogatives, oublié ses préjugés, ses pudeurs. Sur lequel le chien s'était allongé en laissant des poils, qu'on avait oublié, des nuits entières, sur la banquette arrière d'une voiture…

Elle traversa la place, sans doute pour se rendre au bar-tabac, dont la devanture était située perpendiculairement à la façade de l'hôtel. Au-dessus de la vitrine se dressait l'obligatoire carotte oblongue, vestige d'une époque révolue (celle où les cigarettes étaient encore aimées, désirées, où les paquets n'étaient pas ornés de vignettes échappées d'un musée des horreurs, où les créatifs des agences de pub planchaient sur des campagnes toujours plus aguicheuses et sensuelles).

La scène était assez cinématographique : au tout début du film, avant le générique, une femme d'âge moyen, dont on ne sait rien, sort d'une voiture et traverse la place d'un village. La caméra la suit en travelling latéral.

C'est le moment où le soir bascule, entre chien et loup, s'apprête à verser dans la nuit. Elle marche vite, avec une sorte de détermination, de tranchant, comme lorsqu'on s'acquitte d'une tâche subalterne avant d'en aborder une autre, plus essentielle.

C'était elle, à coup sûr.

Elle poussa la porte du café, réapparut au bout d'une minute, tenant un sac en plastique avec, à l'intérieur, ce qui ressemblait à un carton de cigarettes. Intuitivement, à cause de la forme, je me dis qu'il pouvait s'agir d'un carton de Gitanes. Des Gitanes, pensai-je, plus personne n'en fume. Sauf Rongières, peut-être.

Elle ne revint pas vers la voiture mais, d'un pas décidé, se dirigea vers l'hôtel.

Mon cœur se mit à battre fort.

Elisabeth Rongières venait à ma rencontre. Mais il y avait autre chose. J'avais l'impression de connaître cette femme. Ses cheveux lui barraient le front, il faisait sombre, je voyais à peine ses traits. Mais je connaissais l'allure. La façon de marcher. Les épaules droites. Le buste résolu, vaillant, et le front penché, songeur. Comme si la tête et le buste s'ignoraient, avançaient sur deux lignes parallèles.

M'avait-elle aperçu, à la fenêtre ? Je me reculai. Ce n'était pas le moment de commettre une maladresse. Il fallait choisir la bonne distance, et s'y tenir.

Je m'assis sur le lit et fermai les yeux, comme pour remettre les compteurs à zéro, entamer dans les meilleures conditions possibles la scène qui allait suivre.

Le téléphone sonna.

— Monsieur Ribot ?

— Oui.

— Une dame vous attend à la réception.

— J'arrive.

En d'autres circonstances, le mot *dame* m'aurait fait sourire.

Il fallait descendre.

Tout de même, je suis entré dans la salle de bains et me suis regardé dans la glace. J'ai passé les doigts dans mes cheveux. Je me suis fait la remarque que j'avais des cheveux blancs. Je l'ai déjà constaté, bien sûr. Mais je ne m'en inquiète guère. C'est une information que je possède, inerte, rangée dans un tiroir de mon cerveau. D'ailleurs, je ne me regarde plus dans la glace, il y a longtemps que j'ai renoncé à toute ambition dans ce domaine.

Cette fois, pourtant, je me suis observé. Dans le petit miroir près de la porte, à côté de la patère où j'avais accroché ma veste bleu marine, apportée dans l'éventualité où il me faudrait être un peu chic. Je me suis dit que ça pouvait aller. J'ai endossé la veste. Alors, j'ai respiré un bon coup, j'ai ouvert la porte et je me suis avancé dans l'étroit couloir. Il y avait une dizaine de mètres à parcourir jusqu'au palier. Je n'ai pas cherché l'interrupteur, je suis resté dans la pénombre. C'était une maison de maigres, si j'avais trébuché les murs m'auraient retenu. Devant l'escalier, j'ai attendu. Elle était là, en bas. J'ai eu une hésitation avant de me lancer. Une envie de rebrousser chemin, de revenir dans la chambre et de faire le mort. J'ai entendu la voix du réceptionniste, sans comprendre ce qu'il disait, et il m'a semblé qu'elle répondait : « évidemment ». J'ai cru reconnaître la voix. Je me suis dit : c'est elle. J'ai serré les dents.

Elle se tenait au milieu du hall. Et, comme le plafond la dissimulait, je la découvrais progressivement, au fur et à mesure que je descendais. D'abord les jambes, puis les hanches et, deux marches plus bas, les épaules. Je la retrouvais par étapes. Voilà, nous y étions presque. Je me suis arrêté et j'ai attendu plusieurs secondes, immobile, avant de faire un pas supplémentaire. Le pas définitif, qui la découvrirait en entier.

Le pas qui la projetterait dans le présent.

J'ai avancé la jambe.

Son visage est apparu.

Le prix de l'Arc de Triomphe a lieu le premier dimanche d'octobre, sur l'hippodrome de Longchamp. C'est, avec le Derby d'Epsom, la plus célèbre course du monde, qui réunit les plus grands champions. Quelles que soient ses chances, c'est un honneur pour un propriétaire d'avoir un partant dans l'Arc.

Jamais un cheval ne l'a remporté plus de deux fois. Certains ont tenté la passe de trois, sans succès. Il semble qu'il y ait là une extrême difficulté (qui est peut-être une impossibilité).

Les derniers à avoir réalisé le doublé sont :

Enable (2017-18)
Trêve (2013-14)
Alleged (1977-78)
Ribot (1955-56)

Mais Ribot est le seul à s'être retiré invaincu, après seize victoires.

Ces noms, pour les turfistes, sont une musique délicieuse et, en même temps, pleine de solennité. Y a-t-il des noms prédestinés ? Des noms qui respirent la victoire ? Jules César, Jeanne d'Arc, Napoléon ? Des noms qui sont un concentré de puissance et d'élan. Des noms qui vous emportent, comme un cheval au galop…

Et des noms promis à la défaite ? Ou à l'obscurité ? Des noms ternes, accablants, qui ne mènent nulle part. Des noms cul-de-sac. Des noms jaunes, cireux, dans lesquels on se sent englué depuis l'enfance. Des noms qui collent aux basques.

Dans le petit monde du journalisme hippique, je suis désormais Paul Ribot. Je me suis inventé un nom. J'ai bâti moi-même mon refuge. Comme tous ceux qui, à un moment de leur existence, souvent très jeunes, ont choisi d'habiter un pseudonyme. Comme Lucien Poirier devenu Julien Gracq. Comme Gérard Labrunie devenu Gérard de Nerval. Comme Isidore Ducasse transformé en Comte de Lautréamont. On n'y allait pas de main morte, au dix-neuvième siècle. Il ne passerait par la tête d'aucun écrivain contemporain de s'affubler d'une particule, encore moins de s'inventer un titre nobiliaire. À moins d'être un auteur comique, adepte du second degré. La particule, aujourd'hui, on la ferait plutôt disparaître. D'ailleurs, le pseudonyme se porte beaucoup moins qu'autrefois. Le principe est d'être naturel, de s'assumer. Quelques-uns, dans ce domaine, font preuve d'un certain courage. Michon n'a pas refusé de s'appeler Michon. Même les acteurs de cinéma ne changent plus de nom. Cotillard n'a pas changé de nom. Il y a cinquante ans, son agent ou son producteur l'auraient baptisée de force. Elle se serait appelée Marion Cottin, ou Maud Corentin.

Mon pseudo, j'en conviens, fait un peu vieux jeu, mais le monde des courses l'est aussi. Certains jours, dans les tribunes d'Auteuil ou de Longchamp, j'ai l'impression de remonter le temps. Les propriétaires en haut-de-forme et jaquette, les grands jours. Les dames en robe et chapeau. Le petit peuple des turfistes demi-sel, mal fagotés, les chaussures couvertes de poussière. Les classes sociales ont la vie dure, aux courses comme au théâtre de boulevard. Les gens sont tous un peu ridicules, et ce ridicule fait du bien. C'est le cheval qui a le beau rôle. C'est lui qui brûle les planches. Il ridiculise l'espèce humaine. Les propriétaires sont des comparses, des faire-valoir. Le cheval dépasse, s'élève. Il est primitif et sophistiqué. Il porte sa robe sur lui. Il nous ramène au commencement. Il a des ailes, comme Pégase. Quand les vingt partants de l'Arc de Triomphe jaillissent des stalles de départ et qu'une clameur monte dans la foule, on se dit que rien n'a beaucoup changé depuis l'Antiquité. Le progrès semble une affaire mineure. Le cheval remet tout le monde à sa place. L'élégance d'un cheval de course, ce sont des milliers d'années de travail. Quatre cents kilos de dentelle, confectionnée dans les ateliers du temps.

J'ai compris, aussitôt, qu'elle savait. Elle a attendu une seconde avant de tourner la tête vers moi mais c'était une seconde de courtoisie, pour me laisser le temps de bien la reconnaître, ne pas me cueillir à froid. Une seconde généreuse, tirée en longueur, pour que je puisse me dire : oui, c'est bien elle, ça ne fait pas de doute. Pour me laisser le temps d'effacer ma gêne – celle qu'on éprouve face à l'imprévu – et de me composer un visage. Pendant cette seconde, je risquais de n'avoir pas de visage. N'avoir pas de visage est une expérience humiliante. C'est comme sortir dans la rue sans pantalon. Elle voulait m'épargner ça.

Puis elle s'est tournée vers moi, en levant un peu la tête – je descendais les dernières marches de l'escalier –, et elle a joué la surprise. Mais ce qu'elle voulait transmettre, m'a-t-il semblé, c'était une invitation : elle interprétait une petite scène, tirée d'une comédie légère, en m'invitant à y participer. La scène des retrouvailles. Elle me tendait la perche, c'était une représentation à la fois modeste et joyeuse, assortie au décor du petit hôtel de province, il n'était pas besoin d'avoir un grand talent, il suffisait d'y mettre un peu de bonne volonté.

— Ça alors ! s'est-elle exclamée.

À mon tour, j'ai laissé passer une seconde. Je voulais lui signifier que ça allait, que je n'étais pas déstabilisé, que j'étais en mesure de lui apporter la réplique.

— Elisabeth !

On s'est fait la bise. J'osais à peine appuyer mes lèvres sur sa peau claire, un peu rosie par l'air frais. Elle a posé sa main sur mon avant-bras. Elle me touchait pour la première fois depuis un quart de siècle. La main qu'elle avait retirée, les lèvres qui s'étaient effacées vingt-cinq ans plus tôt... Elles étaient là, ce soir, dans le hall du petit hôtel.

— Viens, dit-elle avec une pointe de familiarité, comme si l'on s'était quittés deux semaines plus tôt. On va boire un coup.

Je la suivis sur la petite place. Elle marchait vite. Je me souvins qu'elle avait l'habitude de marcher vite. Je crus qu'elle se dirigeait vers le bar-tabac. C'était sûrement le seul endroit d'ouvert, il n'y a plus beaucoup de cafés dans les villages. Je me tournai vers la devanture mal éclairée, verdâtre. Un téléviseur branché sur une chaîne d'infos était fixé au plafond.

— Non, dit-elle. Pas là.

Je pensai au jour de notre rencontre. La place de la Sorbonne, le café qui ne lui plaisait pas, le trajet dans les rues lorsqu'elle m'avait entraîné plus loin. Snobant la ruche bourdonnante, le bistro d'étudiants, choisissant un lieu plus retiré, une atmosphère plus feutrée. La compagnie des grandes personnes. Au fond, elle n'avait jamais aimé les gens de son âge. J'étais une sorte d'exception. Rongières avait trente ans de plus qu'elle. J'avais calculé : lorsqu'ils s'étaient rencontrés elle en avait trente-quatre, lui soixante-quatre. J'ignorais comment ils s'étaient connus. Je lui poserais la question. J'avais une infinité de questions à lui poser.

— C'est ici.

Je ne voyais rien.

— Là, dit-elle en pointant son index sur une bicoque sans étage, serrée entre deux maisons plus cossues. Une porte étroite, une seule fenêtre sur rue. Au-dessus du linteau, il y avait un panneau de bois clair sur lequel on avait gravé en lettres inclinées, cursives : *Chez Marise*.

— C'est un café ?

— Si l'on veut. Marise est une amie. Elle a trois clients par jour, ajouta-t-elle d'un air réjoui, comme si elle signalait un fait remarquable.

— Ah…

— Tu sais que je l'ai connue à New York ? Il y a longtemps. À Central Park, figure-toi. Drôle de se retrouver ici, non ?

— En effet.

— On courait toutes les deux, on faisait le tour du lac.

— Le tour du lac ?

— Oui. Je courais trois fois par semaine, à cause de mon mari. J'étais mariée à un Américain, tu sais. Il était éditeur et professeur à Columbia mais il tenait absolument à garder la forme.

Je hochai la tête.

— On se croisait de temps en temps, toutes les deux. J'ai pensé qu'elle était française. Les Français ne courent pas de la même façon. Ils sont moins concentrés que les Américains.

Je continuai à faire oui de la tête, sans l'interrompre. Nous étions au milieu de la petite rue et elle ne semblait pas pressée d'entrer. J'eus l'impression qu'elle était heureuse d'être écoutée, d'avoir enfin trouvé un interlocuteur, comme si elle en était privée depuis longtemps.

Elle m'expliqua qu'à New York les Français ne pensaient pas à ce qu'ils faisaient. Quand ils couraient ils n'avaient pas la course dans la tête, ou bien c'était une idée un peu abstraite. Elle avait sans doute raison : les Français pensaient à leur jeunesse, à leur professeur de gymnastique du lycée Carnot, ou bien au dîner qu'ils devaient préparer, le soir, dans leur appartement de la 56e rue, et pour lequel il leur manquait un ingrédient.

— On pensait toutes les deux à autre chose, c'est comme ça que je l'ai remarquée.

Tout en l'écoutant, je ne pouvais m'empêcher de regarder la rue autour de nous, la rue déserte sous le ciel bleu nuit, avec un halo orange au-dessus des toits, comme assorti aux couleurs de l'automne. Je regardais les maisons fermées, les volets clos, et je me disais que nous étions dans un village de Bourgogne occidentale, au vingt et unième siècle après Jésus-Christ, quelque part entre le Morvan et la Puisaye, et la contemplation de cette rue de village à la tombée de la nuit me donnait l'impression d'être sur Mars.

Le café était faiblement éclairé. En m'approchant je distinguai quelques formes à travers la vitre, deux ou trois tables dans la pénombre, une bougie allumée, des bouteilles en rang serré derrière un comptoir.

Une femme blonde d'une cinquantaine d'années apparut. Les deux amies se prirent par la main.

— Je te présente…

Je compris qu'elle hésitait, pour le prénom. Était-ce Philippe, ou Paul ?

— Paul Ribot, dis-je.

J'embrassai Marise sur la joue.

— Viens, dit Elisabeth. J'ai mon endroit.

Elle s'assit contre le mur, sur une banquette.

— Tu te souviens, continua-t-elle, quand on se voyait dans un café, près de la Sorbonne ?

Elle avait posé sur la table le petit sac en plastique qu'elle avait pris dans le bistro. Il ne s'agissait pas d'un carton de Gitanes mais, contenu bien plus prosaïque, d'un paquet de compresses stériles. Le sac était celui d'une pharmacie, sans doute le lui avait-on déposé.

— Bien sûr, dis-je.
— Il y avait un box.
— Je m'en souviens.
— Tu crois qu'il existe encore ?
— Le café ? Je suis passé devant il n'y a pas longtemps. Mais la décoration a changé.
— J'aimerais bien y retourner.
— Quand tu viendras à Paris.
— D'accord. Mais je n'y vais presque plus. François a vendu son appartement.
— Celui de Port-Royal ?
— Oui. Tu le connais ? Tu as été là-bas ?
— Non, jamais…

Tout de même, pensai-je, je ne vais pas lui parler des lettres envoyées il y a vingt-cinq ans, de l'adresse trouvée dans l'annuaire (les bottins imprimés semblent, aujourd'hui, des vestiges d'un autre monde, on a peine à croire qu'ils aient existé).

Je n'allais pas lui parler de mon impatience, de ma déception quand j'avais compris qu'il ne répondrait pas. J'aurais pu décrire tout cela par le menu, dans les moindres détails. Mes lettres, j'aurais pu les reproduire mot par mot.

— Je ne sais pas, poursuivit-elle comme si c'était un point qu'elle tenait à éclaircir, je crois qu'il recevait parfois des jeunes gens. Des admirateurs qui voulaient lui faire dédicacer un exemplaire. Certains lui tenaient la jambe, il avait du mal à s'en débarrasser.

— Non, je ne l'ai jamais rencontré.

— Tu sais, dit-elle après un petit silence, c'est toi qui m'as parlé de lui pour la première fois. J'ai pensé à ça, l'autre jour…

— Tu es sûre ? Je croyais que tu le connaissais.

Je savais pertinemment qu'il n'en était rien, mais je ne voulais pas enfoncer le clou.

Elle ne répondit pas tout de suite, fixa ses mains posées sur la table, qui étaient restées belles. La gauche était ornée d'une grosse bague, dont la pierre violette avait la forme d'un rocher.

— Je t'avais menti. Je ne voulais pas avoir l'air idiote. En réalité, son nom ne me disait rien.

— Ah…

— J'étais ignorante, tu sais. Mais je m'étais rattrapée. J'avais acheté plusieurs de ses livres. Au début, je n'avais pas tellement accroché. Je les lisais pour te faire plaisir, je voulais partager ça avec toi. Tu parlais si souvent de lui. Rongières a écrit ceci, cela. Tu te promenais partout avec ses romans, tu t'en souviens ?

— C'est vrai.

— Tu avais toujours un livre à la main. Ma mère t'appelait le jeune poète. Elle t'aimait bien.

J'avais à peine connu sa mère, en vérité. Mais je ne protestai pas.

Marise s'était approchée pour prendre la commande.

— J'ai envie d'un vin blanc, dit Elisabeth. Ça ne t'ennuie pas qu'on prenne une bouteille ?

— Pas du tout.

— Ça marche comme ça, ici : on commande une bouteille. Si on ne la finit pas, Marise la garde pour un autre jour.

— D'accord. La bouteille sera pour moi.

— J'ai un bon pouilly, dit Marise.

— C'est parfait.

Elisabeth me regarda droit dans les yeux.

— Tu savais que c'était moi ? dit-elle.

— Non. Mais je n'ai pas été surpris. Enfin, pas tout à fait. Depuis deux semaines, j'ai souvent pensé à toi. Je ne sais pas pourquoi.

— À cause du prénom, sûrement. Moi, je savais que c'était toi. Enfin, j'avais tout de même un doute. Quand j'ai reçu ton mail, j'ai cherché Paul Ribot sur Internet et j'ai trouvé une photo. La quatrième de couverture de ton livre sur Cirrus des Aigles. J'ai pensé : ça ressemble à Philippe. Je n'étais pas sûre. La photo était un peu floue. Et puis j'ai commandé le livre et je l'ai lu.

— Tu l'as lu ?

— Oui, je l'ai lu. Et je me suis dit : c'est lui. Tu sais pourquoi ?

J'ai fait non de la tête.

— Tu as écrit trois fois le mot *néant*. Dans un livre sur un cheval de courses, chez un éditeur grand public. Ce n'est pas banal. À l'époque, tu adorais ce mot. Tu l'employais tout le temps. Ça m'avait frappée. « Plonger dans son propre néant », tu disais des phrases comme ça. « Apprivoiser le néant. » Tu mettais le néant à toutes les sauces !

— J'avais oublié. C'était idiot.

— Mais non. J'aimais bien.

— Ça ne voulait rien dire. Je faisais l'intéressant.

— Et puis, j'ai interrogé Tiffany, tout à l'heure. Je lui ai demandé de te décrire. Là, j'ai pensé que ça ne pouvait être que toi.

— Ah…

— Au fait, elle t'a trouvé très sympathique. Elle n'aime pas les amis de François. Quelques-uns sont venus ici. Ils ne font pas attention à elle. Elle dit qu'ils n'aiment pas les chevaux. Elle ne supporte pas qu'ils passent un week-end à la maison sans aller les voir. Si on la laissait faire, elle dormirait dans l'écurie. Elle n'aime pas non plus notre voisin. C'est un producteur de télévision, Patrice de Fabergé. Tu le connais ?

— Pas vraiment. Enfin si, le nom…

— François ne le prend pas très au sérieux, mais on le voit de temps en temps. Il vit dans un château, à trois kilomètres d'ici. L'hiver je vais nager chez lui, il a une piscine chauffée. Il a aussi des chevaux, chez un entraîneur de Chantilly. Tiffany dit qu'il ne fait pas la différence entre un cheval et une voiture.

— Elle est drôle.

— Oui, elle est drôle. En tout cas, j'étais nerveuse en allant te retrouver. Je me disais : si je m'étais trompée ? En fin de compte, je n'avais que cette photo sur la couverture. Ça, et le néant !

Marise ouvrit la bouteille d'une main sûre. Elle avait un sourire franc et un peu triste, comme les gens qui ont eu une autre vie. Une première vie, entièrement différente. Elle remplit les deux verres et posa la bouteille sur la table d'à côté.

— Je vais vous chercher quelque chose, dit-elle en tournant les talons.

Elle revint avec trois assiettes : saucisson sec, fromage de chèvre, olives.

— On ne mourra pas de faim, dis-je.

— Tu sais, je voulais t'inviter à dîner à la maison, ce soir. Mais François était fatigué. Je pense qu'il vaut mieux que tu viennes demain. Ça ne t'ennuie pas ?

— Pas du tout. Comment va-t-il ?

— Ça va. Les médecins pensent qu'il n'aura pas de séquelles. Il a complètement retrouvé la parole. Il l'avait perdue, j'ai eu très peur. De temps en temps il bute sur un mot, ça devrait disparaître. Sa mémoire est intacte. Hier, il m'a parlé du jour où nous nous sommes rencontrés, il s'en souvenait parfaitement.

— Il y a dix ans, c'est ça ?

— Douze ! Au Salon du livre, porte de Versailles. Il signait sur le stand de son éditeur, et j'ai eu l'idée d'acheter son roman. Je lui ai fait dédicacer, je te le montrerai.

Je levai mon verre de pouilly-fumé et Elisabeth en fit autant. C'étaient de grands verres à pied, de bonne facture, comme on en trouve dans certains restaurants gastronomiques, et leur tintement cristallin donnait envie de se réconcilier avec le monde.

L'éleveur de Ribot, l'Italien Federico Tesio, avait coutume de donner à ses chevaux des noms d'artiste.

S'inspirant de Rembrandt ou du Caravage, maîtres du clair-obscur, Théodule Ribot (1823-1891) fut un peintre sensible et grave, connu pour ses scènes de genre, ses natures mortes, ses portraits de petites gens, de vieillards, de marmitons. Ses collègues et amis (Fantin-Latour, Eugène Boudin, Claude Monet) l'appelaient « le peintre indépendant », en raison de son humilité et de son refus des modes. Il connut des débuts difficiles mais, peu à peu, il se fit une place. Il participa au Salon, reçut des commandes de l'État et bénéficia d'une réelle reconnaissance. À la fin de sa vie, il se retira à Colombes, à l'ouest de Paris, où il vécut modestement dans une petite maison, comme un simple artisan, entouré de ses chiens et de ses chats.

Il faisait nuit quand je revins dans ma chambre, après avoir fini la bouteille en compagnie d'Elisabeth et en avoir largement entamé une seconde. En outre, j'avais avalé sept assiettes apéritives, auxquelles elle n'avait pas touché.

Je l'avais accompagnée jusqu'à sa voiture. Conduire en ayant bu ne lui posait pas de problème, d'ailleurs elle marchait droit et semblait parfaitement alerte. Elle m'avait salué en agitant la main à l'extérieur de la fenêtre, tandis que la Citroën s'éloignait le long de l'église en ronflant.

J'avais eu envie de faire un tour avant de rentrer à l'hôtel. Mais la promenade se révéla sinistre. Le village était désert, comme s'il y avait un couvre-feu. Le bar-tabac de la place était fermé. Je cherchai un banc et n'en trouvai qu'un seul, devant le bureau de poste. Pourquoi la mairie n'en avait-elle pas fait installer d'autres, intelligemment distribués aux quatre coins du village afin d'accueillir les âmes solitaires, errant dans les rues à la nuit tombée ? Cet unique banc en béton devait dater d'avant la guerre. Peut-être avait-il été témoin de l'occupation allemande, me suis-je dit en m'asseyant avec précaution.

Devant moi, sur un petit terre-plein, se dressait le monument aux morts des deux guerres mondiales, bordé de grosses chaînes fixées à des plots.

Une idée me traversa l'esprit : en fin de compte, les deux principaux événements à s'être produits sur le territoire de la République, au cours des cent dernières années, avaient été l'Occupation et, d'autre part, la révolution numérique.

Dans les deux cas, il y avait eu un avant et un après.

Assis sur mon banc, entre le bureau de poste et le monument, je passai en revue le siècle écoulé. Je ne trouvai pas de bouleversements équivalents. La guerre d'Indochine, celle d'Algérie, Mai 68, le choc pétrolier, les guerres du Golfe, les attentats terroristes n'étaient pas du même acabit. Il y avait, dans l'invasion allemande et, aussi, dans le triomphe du numérique, quelque chose de l'ordre du déferlement, de la submersion, de la vague.

À deux reprises, la France avait été recouverte par une force puissante, irrésistible, qui avait renversé ses certitudes, bouleversé ses habitudes.

Certes, le numérique n'est pas une armée d'occupation. Il exerce une vraie séduction, procure à la plupart de ses utilisateurs un sentiment de liberté, parfois une griserie. Il procède par dévitalisation. Pacifiquement, dans la bonne humeur, il a rangé au magasin des vieilleries un nombre incalculable d'objets qui, bon an mal an, tenaient honorablement leur place, remplissaient les fonctions qui leur étaient assignées. Le « monde d'avant » n'a pas disparu. Mais il est devenu moins présent, il s'est estompé.

J'ai connu ce monde-là, pensai-je en scrutant la façade du petit bureau de poste, probablement menacé de fermeture, dont les activités modestes seraient reprises par le bar-tabac, avant qu'il ne ferme à son tour. On devinait, presque effacées au-dessus de la fenêtre protégée par de solides barres de fer, les lettres du sigle PTT.

Quand je revins à l'hôtel, le réceptionniste était parti. Je mis un moment à retrouver le bout de papier qu'il m'avait tendu à mon arrivée, sur lequel il avait griffonné, au stylo à bille, le code d'entrée.

Il était dix heures et demie, le temps avait filé. Je n'aurais pas à endurer une interminable soirée en compagnie de la télévision (il n'y avait pas de mini-bar dans la chambre, rien qu'un distributeur de friandises et de boissons non alcoolisées dans le hall, sous l'escalier). Je saisis la télécommande et m'allongeai sur le couvre-lit, regardant distraitement les images, sans allumer le son.

Vingt-cinq ans plus tôt, Elisabeth et moi nous étions partis au bord de la mer, en Normandie. C'était au milieu des années quatre-vingt-dix, avant les vacances de Pâques. Une amie de sa mère nous prêtait une maison de vacances. Nous étions quatre : son frère était de la partie, accompagné de sa petite amie.

Il s'appelait Pierre, faisait ses études dans une école de commerce après avoir envisagé une carrière dans l'armée, comme leur père, mais la perspective d'une éprouvante intégration à Saint-Cyr Coëtquidan et d'un mince salaire l'en avait probablement dissuadé.

La maison était située à l'extrémité de la plage de Merville-Franceville, dix kilomètres au sud de Cabourg. C'était une petite maison cubique, assez fonctionnelle, datant des années soixante. Deux chambres, une salle de bains exiguë, un salon pourvu d'une cheminée et d'une fenêtre donnant sur l'avenue maritime.

Elle était située à l'écart du village, assez exposée aux éléments (c'était la raison, peut-être, de son aspect géométrique, défensif, qui faisait penser à un blockhaus).

Toute la semaine, la pluie tomba. Cela nous affectait peu, sans doute parce que nous avions vingt ans et qu'à cet âge-là le beau temps n'est pas la première des préoccupations.

Il y avait une ligne fixe de téléphone, dans le salon, mais pas de télévision. Je me souviens d'une radiocassette d'assez grande taille, posé sur la cheminée.

Elisabeth avait apporté de la lecture : une petite réserve de romans empilés dans un solide sac en cuir, sorte de bibliothèque portative. En arrivant, elle les avait alignés sur le buffet renfermant la vaisselle, dans le petit salon, les faisant tenir debout à l'aide de deux gros cendriers rectangulaires qu'elle avait dénichés dans un placard. Des classiques, pour la plupart : Balzac, Zola, Bernanos, Mauriac. Je crois qu'il y avait aussi un Georges Duhamel et un Romain Rolland appartenant à la série des *Jean-Christophe*, des auteurs qu'on ne lit plus, qui sont dans l'angle mort de la littérature, dont la plupart des lecteurs d'aujourd'hui n'ont même pas entendu parler.

Elle avait apporté aussi les *Filles du feu*, de Nerval. L'exemplaire de la librairie des Puf, acheté le jour de notre rencontre. Cela m'avait rendu un peu nostalgique. Contrairement aux idées reçues, les jeunes gens sont sensibles à la nostalgie. Ils n'ont pas l'habitude de la perte, de la fuite du temps, ce sont des phénomènes qu'ils découvrent et qui exercent sur eux un effet puissant.

Tous les jours, nous allions déjeuner ou dîner dans une crêperie.

Ça ne me changeait pas beaucoup. En ce temps-là, je ne fréquentais que les cafés et les crêperies. Vinrent ensuite les restaurants italiens, et parfois ces restaurants français faussement sophistiqués, appartenant à une chaîne, dont la carte est la même partout. La crêperie semblait un établissement accessible, une sorte de moyen terme entre la cantine universitaire et le restaurant français traditionnel – le plus intimidant de tous les restaurants, le plus guindé, le vrai restaurant d'adultes, hérissé de codes, dont la carte devait être décryptée.

Nous n'avions que deux vélos, ce qui me préservait des sorties de groupe.

Une seule fois, nous avons fait une excursion à quatre. Nous avons pris le bus qui, une seule fois par jour, remontait la côte presque à vide, jusqu'à Deauville. Nous nous sommes arrêtés à Cabourg et nous sommes entrés dans le hall du Grand Hôtel, silencieux comme si nous franchissions le portail d'une église, désireux de visiter le grand décor proustien. L'hôtel me parut assez négligé, ne répondant guère à l'idée que je me faisais du faste « Belle Époque ». De toute évidence, l'établissement accueillait des séminaires ou des stages de formation. Il y avait, à l'entrée des salons, des panneaux sur pied en feutrine noire, sur lesquels étaient fixées des lettres en plastique.

Un après-midi, les deux autres partirent après le déjeuner. La sieste n'était pas à l'ordre du jour sous ces ciels de traîne, si peu méditerranéens. Le vent du large nous gardait dans un état d'énervement permanent.

On allait se coucher de bonne heure, le jour il y avait mille choses à faire.

Le frère d'Elisabeth se livrait toujours à une activité, et s'efforçait d'y entraîner les autres. L'usage du temps varie beaucoup selon les individus. Le goût de l'attente, chez certains, ou l'impossibilité d'attendre chez d'autres, le besoin irrépressible de se mettre en mouvement, d'accomplir une tâche quelconque (qui est peut-être la véritable forme de l'immobilité).

La liste de nos occupations était longue : faire des promenades à vélo, des promenades sur la plage, des incursions à l'intérieur des terres (en pensant à emporter un sandwich ou, à la rigueur, un paquet de biscuits), des courses au supermarché Coop de Merville, acheter des cigarettes, le journal, des fruits de mer chez un ostréiculteur qu'on nous avait recommandé, jouer aux cartes, à des jeux de société (comme dans toute maison de vacances il y en avait quelques-uns dans une armoire, écornés, défraîchis, avec des pièces manquantes – il fallait s'astreindre à de laborieux comptages avant d'entamer une partie), allumer un feu de cheminée, lire, profiter d'une éclaircie pour sortir des chaises devant la maison et s'y s'asseoir, nourrir la conversation, ouvrir une bouteille de vin à l'aide d'un tire-bouchon impossible, laver la salade dans un égouttoir qu'on faisait tourner à bout de bras, préparer le dîner. Dans la cuisine, la radio était presque toujours allumée, principalement les stations périphériques, RTL ou Europe 1, il y avait encore des hit-parades et personne ne répugnait à écouter les tubes du moment.

Un mois plus tôt, après m'avoir annoncé qu'elle « voyait quelqu'un », Elisabeth m'avait donné rendez-vous près de chez elle. Pas dans un café, cette fois, mais devant le cinéma Saint-Lambert, juste à côté du square. À la séance de dix-huit heures. Nous irions prendre un verre, ensuite. Avait-elle une nouvelle importante à m'annoncer ? Ou bien souhaitait-elle mettre fin à notre relation et avait-elle décidé, en dépit de ses dix-neuf ans, d'y mettre les formes ?

Nous nous étions toujours vus dans des cafés. Celui de la rue Gay-Lussac, mais aussi place du 18 Juin, ou boulevard du Montparnasse (au François Coppée, notamment). Nous n'étions jamais allés près de chez elle, aux abords de la mairie du XVe. J'allais découvrir son territoire.

Le Saint-Lambert était l'un des derniers cinémas de quartier de Paris, devenu *salle d'Art et d'Essai*, comme l'indiquait un panneau au-dessus de la caisse. Je trouvais que l'appellation avait de l'allure. Une vie *d'Art et d'Essai*, n'est-ce pas ce dont on rêve, à vingt ans ? Habiter dans un film de Truffaut. On aurait une vie *d'Art et d'Essai* et ce serait la plus belle vie du monde, fragile et désirable, pleine d'inconvénients et de reflets.

Elisabeth y avait animé un ciné-club, le samedi matin, en compagnie du *quelqu'un* dont elle m'avait parlé, élève dans le même lycée, une classe au-dessus de la sienne.

On allait voir *Mort à Venise*. Pendant toute la durée du film, que j'avais vu à la télévision et adoré, je ne cessai de tourner discrètement la tête et de la regarder de profil. Elle se tenait très droite, absorbée par le film qu'elle avait déjà vu, elle aussi, et dont elle pensait le plus grand bien (mais son appréciation était plus *culturelle* que la mienne, j'en avais l'intuition, plus motivée par le respect que par le goût). Je regardais son profil et, aussi, je scrutais ses mains. J'adorais ses mains. Elles étaient posées sur ses genoux. De temps en temps l'une d'elles s'en détachait et, lentement, rejoignait son visage qu'elle effleurait, la joue, l'oreille, faisait une incursion dans la chevelure. Ses doigts s'y enfonçaient, imitant le mouvement d'un peigne, puis la main redescendait, revenait à son point de départ.

Elle avait une chevelure profonde, incompréhensible, toute en détours et en fausses pistes.

Mais le film s'achevait, le corps inerte de Gustav von Aschenbach (ou de Dirk Bogarde) venait d'être retiré de la plage, soulevé et porté par deux garçons de bain en maillot rayé, et je n'avais pas réussi à lui prendre la main. Nous sommes sortis du cinéma comme nous y étions entrés, rigoureusement vierges l'un de l'autre. Une fois encore, il ne s'était rien passé.

La rue était déserte. Nous avons fait quelques pas sur le trottoir quand, soudain, elle s'est tournée vers moi :

— Viens à la maison. C'est à côté.

— D'accord.

Elle habitait au-dessus de ses parents. Les deux appartements communiquaient par un escalier en colimaçon, aussi étroit que celui de la librairie des Puf. Sa chambre était bien rangée, confortable. Ce n'était pas une chambre de jeune fille, plutôt l'habitation cossue d'une dame célibataire, remplie de boîtes et de meubles anciens. Il y avait deux fauteuils crapaud sur roulettes, sans doute hérités d'une grand-mère. On s'assit l'un à côté de l'autre. Elle mit de la musique (des chansons tristes de Leonard Cohen). Puis, soudain, elle fit glisser d'une vingtaine de centimètres son fauteuil, jusqu'à toucher le mien, me saisit le bras et m'embrassa sur la bouche.

Je ne m'étais pas senti trop maladroit. J'avais les yeux fermés et je me disais : je ne l'ai jamais fait, à dix-neuf ans je n'ai jamais embrassé une fille, et pourtant j'en suis capable. En vérité, j'embrasse aussi bien qu'un autre. Seulement, cela n'arrive jamais. Sauf ce soir. Dans le quinzième arrondissement de Paris, à deux pas du square Saint-Lambert, j'embrasse Elisabeth Vuibert que j'ai connue à la Sorbonne, j'embrasse une fille pour la première fois. J'embrasse toutes les filles pour la première fois.

Le téléphone sonna. C'était sa mère. Le dîner était servi. Pendant quelques secondes, j'eus l'espoir qu'elle me demande de rester là. Je l'aurais attendue, allongé sur le lit, en feuilletant un livre. Plus tard, elle m'aurait apporté quelque chose à manger. Un morceau de fromage, du pain, une part de gâteau qu'elle aurait subtilisés dans le réfrigérateur. Je n'avais pas très faim, mais j'eus l'idée de cela. J'avais dû le lire dans un roman, le voir dans un film *d'Art et d'Essai*. Ce ne fut pas le cas. Elle déposa un baiser sur ma joue, me donna rendez-vous dans trois jours et m'accompagna à la porte.

Trois jours plus tard, assis dans le jardin du Luxembourg, elle prit ma main et, se redressant sur sa chaise en fer, elle plaça son visage devant le mien. Elle demeura ainsi quelques instants, sans bouger, occupant tout mon espace visuel. Et je pensai, à ce moment-là, que ce visage faisait désormais partie de mon paysage mental, comme une construction nouvelle et définitive.

Mais, à partir de ce jour-là, nos rendez-vous s'espacèrent. Elle était souvent prise par des activités dont j'avais du mal à me faire une idée précise, des démarches pour le compte de ses parents, des déplacements urgents et ennuyeux. Elle m'invita chez elle deux fois, je fis brièvement la connaissance de sa mère. On se voyait encore rue Gay-Lussac ou boulevard du Montparnasse. Mais elle restait moins longtemps qu'auparavant. C'était comme si la relation avait rétréci, s'était contractée au lieu de se déployer.

Les semaines passèrent. Je n'osais pas lui demander d'explication. Ses baisers se faisaient de plus en plus rares, de moins en moins appuyés. J'avais l'impression qu'elle les concédait, plus qu'elle ne les donnait.

Un jour, je décidai de tirer les choses au clair. J'avais préparé quelques phrases. Cet après-midi-là, elle entra dans le café du Luxembourg avec un grand sourire et m'embrassa sur la bouche, d'emblée, ce qu'elle ne faisait jamais.

— Je pars une semaine. Tu viens ?

— Où ça ?

Elle me scrutait, comme pour vérifier l'effet produit. Puis elle ajouta :

— Au bord de la mer. En Normandie.

Après le déjeuner, les deux autres avaient pris les vélos. Ils étaient allés voir la mer, très agitée. Certains jours, sur la promenade, le vent nous poussait si fort dans le dos qu'on n'avait plus besoin de pédaler. On revenait en longeant les murs, après avoir mis pied à terre.

Elisabeth était allongée sur le lit que nous partagions. Elle lisait. Comme il ne pleuvait pas, j'avais choisi de m'asseoir dehors, sur l'une des chaises de la cuisine, afin de noter des impressions sur un carnet.

Avant de partir, j'avais acheté un de ces carnets noirs grainés qu'on trouvait dans le commerce à cette époque, à tranche violette, assez incommodes si l'on voulait écrire sur la page de gauche et qui dégageaient une odeur têtue, plutôt désagréable.

C'était ce que j'avais trouvé de plus « écrivain ». La panoplie a son importance dans l'acte d'écrire, comme d'ailleurs dans tous les métiers à vocation, dont on a eu le désir très jeune. Des métiers qui, pour la plupart, ont d'abord été des costumes : astronaute, docteur, pompier. Autant de figures qu'il s'agit, ensuite, d'incarner.

Écrivain, ce n'était pas un déguisement, plutôt une discrète panoplie. Un stylo (l'importance que je donnais aux stylos à plume, ma connaissance exhaustive de l'objet, ma science des marques et des modèles – mon ignorance actuelle), une machine à écrire, du papier, des carnets de diverses tailles… Des vêtements amples, des vestes munies de poches, des velours côtelés un peu déformés, patinés, frottés à l'usage du monde. Une cravate mal nouée, éventuellement. Et, plus encore que cela, une attitude. L'écrivain doit s'habiller d'attitude, ce qui n'est pas une mince affaire.

Quand j'avais vingt ans, celle de Rongières me semblait impeccable. Je scrutais ses photos parues dans la presse. Il ne posait jamais. Il lui suffisait d'apparaître, de tourner la tête, et c'était un écrivain. Il n'avait pas besoin de s'inventer un corps. Son corps le suivait, voilà tout. Il était derrière lui, pas devant. Son corps était comme une cape, attachée à son cou. Les écrivains, hommes ou femmes, étaient des mousquetaires de l'esprit. Le stylo était leur rapière (la machine à écrire, elle, tenait plutôt du revolver). Rongières avait beaucoup du mousquetaire, avec ses traits tendus, son menton volontaire, sa chevelure abondante, sa vivacité, sa propension à aller de l'avant, à se projeter un pont plus loin, à provoquer l'adversaire.

Je voulais, à vingt ans, réaliser mon rêve d'écriture. Ou, plus exactement, mon rêve d'écrivain.

Ce séjour en Normandie serait un voyage d'écrivain. J'étais persuadé que les voyages, les déplacements favorisaient l'inspiration. Voyageant, il me semblait que le geste d'écrire devenait plus naturel, qu'il échappait à la pesanteur du devoir, de la rédaction scolaire. Un écrivain n'était pas un bon élève. Il était de cape et d'épée. *D'Art et d'Essai*. Un écrivain montait à cheval.

D'une certaine façon, je ressens encore cela : j'écris la plupart de mes articles dans le train, ou même dans le métro, en revenant d'Auteuil ou de Vincennes.

Cet après-midi-là, assis sur une inconfortable chaise de cuisine, je m'efforçais de griffonner quelques lignes. La pluie menaçait, le vent soufflait par rafales. Il fallait que je prenne des notes pour mon roman, celui que je m'étais promis d'écrire avant mes vingt-deux ans. Je m'en souviens très bien, vingt-deux ans, la naïveté laisse plus de souvenirs que la sagesse, les marques de la naïveté restent gravées en nous comme des lettres tracées au canif sur le tronc d'un arbre.

— Tu viens ? dit-elle doucement, juste assez fort pour que je l'entende.

Quand j'entrai dans la chambre elle tenait à la main un roman de Mauriac, *Le Baiser au lépreux*, dans une vieille édition du Livre de Poche qu'elle avait dû prélever dans la bibliothèque de sa mère. Le format ancien, avec un dessin original sur la couverture.

Les autres étaient partis depuis un quart d'heure, nous avions la maison pour nous.

C'était notre cinquième jour à Merville, et la première fois qu'elle m'invitait à m'allonger près d'elle. Les soirs précédents, nous nous étions couchés vers onze heures, fourbus, un peu ivres, et nous nous étions endormis aussitôt.

Je m'assis sur le bord du lit.

Elle posa *Le Baiser au lépreux* sur la table de chevet boiteuse, munie d'un petit tiroir comme dans les hôtels, et se tourna vers moi. Elle semblait aussi détendue que j'étais crispé, aussi calme et posée que le mobilier de la chambre était brinquebalant.

Sa main saisit mon bras, ses lèvres cherchèrent les miennes. Je me laissai faire.

Comment j'accomplis ce qu'on attendait de moi, dans une petite maison de vacances de la côte normande, dix kilomètres au sud de Cabourg, sous un ciel de plomb traversé par un vent tenace, un après-midi frileux d'un printemps qui ne venait pas, cela tient du mystère des esprits et des corps.

J'avais cru, encore, à un commencement, au début d'un chemin que nous allions tracer ensemble. Je me trompais. Les premières fois, avec elle, ressemblaient à des cadeaux d'adieu. Deux semaines plus tard, elle m'annonça qu'elle partait pour New York. On se verrait à la rentrée. Elle me demanda ce que je comptais faire, cet été-là. Je répondis que je n'en savais rien, et c'était la vérité.

À dix heures moins le quart, le camion fit son entrée sur la place, ralentissant très progressivement jusqu'à s'arrêter devant l'hôtel, comme si la conductrice cherchait à explorer toute la lenteur dont son véhicule était capable.

Nous avions rendez-vous à dix heures, mais le bruit du moteur m'avait fait approcher de la fenêtre. À la campagne, tous les bruits paraissent singuliers, distincts les uns des autres. Je vis Tiffany sauter de la cabine et, d'un pas alerte, se diriger vers le café. Sans doute profitait-elle de l'occasion pour faire une emplette, acheter des cigarettes, des timbres ou, qui sait, un billet de la Française des jeux.

Je m'attendais à la voir ressortir vite. J'étais torse nu, mon rasoir jetable à la main.

C'est alors que j'entendis un hennissement, court mais parfaitement audible.

J'ouvris la fenêtre et prononçai à voix haute :

— Litote...

J'entendis une sorte de raclement. Un bruit à la fois puissant et contenu, exprimant une violence familière, presque rassurante.

Pour la deuxième fois, elle accompagnait sa maîtresse venue me chercher. Elle avait voulu faire le trajet… Et, à cet instant-là, j'eus une pensée heureuse (on n'a pas si souvent des pensées heureuses, il faut qu'un certain nombre d'éléments coïncident, s'équilibrent et se complètent, l'irruption d'une pensée heureuse est un événement dont il peut arriver qu'on garde le souvenir jusqu'au dernier jour de sa vie). Une pensée que j'aurais pu traduire par : « Ça devient une habitude ! » ou par : « L'équipe est au complet ! »

Je restai debout devant la fenêtre, laissant vagabonder ma pensée heureuse. Habillé d'un caleçon, à demi rasé. Je n'osais pas bouger, comme si j'étais investi d'une mission, surveiller le camion en attendant le retour de sa conductrice.

Il faisait beau. La température, descendue pendant la nuit, commençait à remonter.

Tiffany n'était pas sortie du café.

Qu'y faisait-elle ? J'imaginais mal qu'une fille de son âge, sportive, ayant des projets d'avenir, s'accoude à un comptoir de bistro (dont sa tête devait juste dépasser) pour y écluser un verre de blanc au milieu de la matinée. La province a ses mystères, mais pas à ce point.

Quand elle sortit, les mains vides, elle se dirigea droit vers le camion qu'elle longea, tapotant le flanc gauche du fourgon. Pas trop fort, sans doute avait-elle conscience que la tôle résonnait, amplifiait les vibrations. Il me sembla entendre un bruit étouffé provenant de l'intérieur, pas un hennissement mais plutôt un ronflement, un roulement de babines.

Elle entra dans l'hôtel et, quelques minutes plus tard (s'était-elle entretenue avec le réceptionniste ?), le téléphone sonna.

J'enfilai une chemise propre. Dans moins d'une heure, j'allais rencontrer Rongières.

J'emportais dans une sacoche mon carnet de notes avec une liste de quinze questions et mon vieil enregistreur audio (six mois plus tôt, dans un magasin d'électronique en liquidation, j'avais pu mettre la main sur un lot de cassettes vierges sous cellophane, achat qui m'avait mis en joie).

Je n'emportais pas d'appareil photo, pour ne pas l'effaroucher.

Les premières minutes d'un entretien sont souvent décisives. Les choses intéressantes surgissent soit au commencement de la rencontre, soit à la toute fin. Au début, les gens se livrent peu, mais chaque mot, chaque geste vaut son pesant d'or. Il faut être aux aguets. La musique qu'on entend, ensuite, est plus répétitive. L'interviewé récite sa partie, on traverse un ventre mou. À la fin, il y a cette inquiétude des derniers instants, cette anticipation de l'adieu, ce léger désespoir qui favorise le relâchement. Une confidence affleure, en entraîne une autre. Jusqu'à l'ultime seconde, il faut rester vigilant (il existe, mais c'est rare, des entretiens intenses de bout en bout, comme les trois demi-heures que m'avait accordées le jockey vedette Christophe Soumillon – toujours pressé, toujours entre deux rendez-vous mais, dans la séquence chronométrée qu'il m'octroyait, extraordinairement direct et chaleureux).

— C'est Litote ? demandai-je.

Nous étions sur le trottoir, devant l'entrée de l'hôtel.

— Oui.

— Elle a voulu venir ?

Tiffany sourit. Je sentis que j'avais marqué un point.

— Elle aime le camion, soulignai-je.

— Ah ça, oui !

— C'est drôle…

— Vous voulez la voir ?

— Maintenant ?

— Pourquoi pas.

Elle se dirigea vers l'arrière, ouvrit la porte d'un geste vigoureux, se hissa d'un bond sur la plateforme.

— Montez, m'invita-t-elle en dépliant une petite échelle métallique. Passez-moi votre sacoche.

— Merci.

Elle me tendit la main, me tira à elle sans difficulté. On aurait dit qu'elle était reliée à une autre force, bien plus considérable que la sienne.

Il y avait deux compartiments à l'intérieur du van, la jument occupait celui de gauche.

À droite, quelques objets étaient posés sur le sol. Un seau, un balai en crin, un pot de cire à sabots. Un assortiment de brosses et deux licols pendaient à des crochets. Enveloppé dans un plastique, ce qui ressemblait à un matelas d'enfant était appuyé contre la paroi.

— C'est ma chambre, dit Tiffany en riant.

— Votre chambre ?

— En voyage, je dors à côté d'elle. Ou de Bonkassa.

— Bonkassa ?

— Oui. C'est un cheval.

Bonkassa… S'agissait-il d'une allusion au fameux *Bon qu'à ça* de Beckett parlant de son métier d'écrivain, de son inaptitude existentielle à faire autre chose qu'écrire ? Venant de Rongières, le clin d'œil était possible. Je lui poserais la question. Je ferais sûrement mon petit effet. Il constaterait que j'avais de la culture et, en plus de cela, il serait surpris que je connaisse, à peine arrivé, le nom de ses chevaux.

— Quelquefois on les attelle ensemble. Ils s'entendent bien mais Bonkassa est hongre.

Je ne saisissais pas la nature du problème, mais je préférai ne pas creuser le sujet.

— Ils ont la même taille. Et la même robe, presque le même gris. Je vous montrerai.

— D'accord. Je peux la toucher ?

L'envie m'en avait subitement pris, très fort.

— Oui.

Comme si elle m'avait entendu, Litote tourna la tête vers moi, me considéra. J'approchai la main.

Le bout du nez d'un cheval – c'est un secret connu des seuls cavaliers – est d'une douceur surnaturelle, un velours d'une finesse inouïe.

Elle répondit à la caresse par des frémissements, des tremblements de la lèvre supérieure. Le temps était suspendu.

— Bien, dit Tiffany. On y va ?

En partant, je promenai ma main sur le flanc de la jument, depuis le garrot jusqu'à la croupe.

Le trajet était plus long que je ne l'avais imaginé.

Sur la route, nous restâmes en silence. J'en fus reconnaissant à Tiffany : j'étais encore sous l'effet des instants passés près du cheval. Je me sentais calme, légèrement envapé, savourant une singulière sensation de confort.

Il fallait cependant que je me concentre. J'allais voir Elisabeth. Et rencontrer Rongières, enfin.

Il me faudrait être intensément présent, faire preuve de la plus grande réceptivité possible. Ne pas commettre d'impair. Cela tenait de la haute voltige : interroger l'écrivain que j'avais le plus admiré dans ma jeunesse, auquel j'avais rêvé de ressembler, sous le regard de la femme qui, en définitive, avait le plus compté pour moi, qui m'avait sauvé de la solitude avant de m'y renvoyer, la première femme de ma vie.

J'essayai de bien respirer. Dans les passages difficiles, quand le destin vous serre d'un peu trop près, bien respirer est la meilleure réponse.

Tiffany conduisait à la perfection. Nous roulions à bonne allure – ni trop ni pas assez. Les grands jockeys sont ceux qui, depuis la sortie des stalles jusqu'au passage du poteau, ont une intuition très sûre de la vitesse, la leur et celle des autres.

Il aurait fallu que j'en apprenne davantage sur elle. Que je sache d'où elle venait, ce qu'elle avait fait jusqu'alors. Quelle était sa famille. Sans doute n'avait-elle pas beaucoup d'amis. Elle ne faisait sûrement pas partie d'une bande. Il ne me semblait pas qu'elle pouvait avoir un petit ami.

Elle était, j'en eus soudain l'intuition, de ces êtres profondément indépendants, solitaires par nature et nullement par obligation, déterminés, précis, qui n'éprouvent ni fatigue physique ni lassitude mentale et qui avancent, à leur rythme, guidés par leur intuition, sur les chemins de crête de la vie.

Ils y respirent un air plus vif, plus oxygéné que celui qu'inhalent les autres, un air qui leur convient, une qualité d'air que leurs poumons seuls sont capables d'assimiler. Ils sont à l'écart, et néanmoins accessibles. Le sang qui coule dans leurs veines n'est pas un sang ordinaire, il est d'un rouge plus profond, avec des reflets bleutés.

La campagne se déployait majestueusement, j'avais l'impression d'être assis dans un confortable fauteuil, regardant un documentaire sur écran large.

La route était fraîche et noire, on aurait dit que le bitume venait d'être coulé. Parfois, je tournais la tête et contemplais le patchwork des champs cultivés, vigoureusement dessinés. Posés aux sommets des collines – ils faisaient penser à des bérets basques – les bois étaient entretenus, leurs bordures nettement délimitées. Cette fois encore, je n'aperçus aucun cultivateur, aucune machine, comme si le travail avait été réalisé de nuit par une armée d'accessoiristes.

— On est arrivés.

La grille était grande ouverte.

Un chemin tapissé de feuilles mortes, creusé d'ornières, longeait de grands arbres, dont les cimes se balançaient doucement. Le manoir apparut. Au centre se dressait une tour carrée, haute de trois étages et coiffée d'un toit en ardoise, sûrement plus ancienne que le corps du bâtiment. Du lierre grimpait sur la façade. Devant l'aile droite, on avait planté des rosiers.

Alertée par le bruit du camion, Elisabeth surgit dans la cour.

La manœuvre était délicate. Il fallait que l'arrière du véhicule soit bien orienté, afin que Litote puisse en descendre commodément. Les chevaux ne peuvent pas se retourner à l'intérieur d'un camion, ils sont obligés d'en sortir à reculons, sans voir où ils posent leurs sabots.

Elisabeth portait des pantalons en velours côtelé, des bottes, une veste un peu cintrée à boutons nacrés qui lui donnaient un air anglais. La veille, je m'étais dit qu'elle n'avait rien perdu de son charme. Cette impression le confirmait.

Elle vint vers moi, appuya un baiser sur ma joue. C'était plus qu'un simple baiser amical. Un baiser enrobé dans une gangue de civilité, mais qui contenait une intention, comme certains chocolats renferment une liqueur.

— Je te fais un café ?

— Je veux bien.

Par politesse, je me tournai vers Tiffany qui, sans faire attention à nous, se dirigeait vers l'arrière du camion :

— Café ?

— Non merci, répondit-elle vivement, sans tourner la tête.

— Viens, dit Elisabeth. Je vais te montrer la maison.

Le salon possédait une belle hauteur sous plafond, comme disent les agents immobiliers. Une imposante poutre vernie, d'un seul tenant, traversait horizontalement la pièce. Il y avait un grand canapé en velours rouge, des fauteuils rustiques et des tapis aux couleurs automnales. De petits tableaux et des dessins ornaient les murs, ostensiblement dédicacés et signés.

Sur une table basse, une quinzaine de bouteilles d'alcool étaient alignées. Je remarquai deux carafes en cristal taillé, signe de distinction qui m'a toujours semblé fort éloigné de mes possibilités. Certains objets n'appartiennent qu'aux autres.

Je ne voyais pas de livres.

Comme si elle avait deviné ma pensée, Elisabeth indiqua :

— La bibliothèque de François est dans la tour. Il va te la montrer.

Elle avait prononcé la phrase à mi-voix, avec une forme de prudence.

Puis elle m'entraîna dans la cuisine, glissa deux capsules dans une cafetière Nespresso à double foyer.

— Ça te va ?

— Très bien.

— Il paraît que ces capsules ne sont pas écologiques, dit-elle d'un air distrait, comme si elle pensait à autre chose. Mais elles sont si pratiques. On a trente cafetières ici, François est un grand amateur, il en a fait venir du monde entier et les connaît sur le bout des doigts, il pourrait t'expliquer leur fonctionnement pendant des heures.

Je me rappelai qu'à ses débuts, Rongières avait été associé à « l'école du regard » ou, si l'on préfère, au Nouveau Roman. D'ailleurs, son premier livre avait été publié aux Éditions de Minuit, en 1975. Dans ce roman, loué par la critique de l'époque, il avait consacré un chapitre de trente pages à décrire le moteur à propulsion d'un sous-marin nucléaire. Mais il avait rapidement pris ses distances avec le mouvement (qui commençait à s'étioler), s'orientant vers une voie plus personnelle, comme l'avaient souligné ses biographes (deux essais sur lui avaient paru, coup sur coup, à la fin des années deux mille).

Elle m'invita à m'asseoir.

— Cette nuit, il a bien dormi, dit-elle sur le ton de la confidence.

— Tant mieux.

— Tu sais, j'ai cru que j'allais me retrouver toute seule, à vivre avec un handicapé. Ses deux filles sont aux États-Unis, elles ont leur famille là-bas et ne viennent jamais ici.

Elle laissa passer quelques secondes avant d'ajouter :

— C'est bien que tu sois là.

Elle posa la main sur mon avant-bras, juste avant le poignet. Le geste était amical, dénué d'ambiguïté, ce fut en tout cas ma première impression.

Toutefois, elle ne retira pas sa main et, quelques minutes plus tard, elle s'y trouvait encore. Pas tout à fait immobile. Je sentais à travers la manche de ma veste un léger déplacement, un infime va-et-vient tracé par l'extrémité de son index. Je ne bougeai pas, la laissai faire.

Elle me parla de la propriété, des nombreuses tâches à accomplir, de l'isolement.

Maintenant, j'en avais la certitude, ses doigts remuaient contre le tissu, je percevais leur discret manège, le va-et-vient s'était transformé en mouvement circulaire.

Je saisis ma tasse de la main gauche et, ce faisant, je fis bouger mon bras droit. Elle retira sa main. Nous bûmes nos cafés.

Soudain, une image me vint à l'esprit, celle de la cuisine de la petite maison normande où nous avions passé une semaine de vacances, vingt-cinq ans plus tôt. J'y pensai pour ainsi dire froidement, sans déplaisir mais sans tendresse, comme on songe à un épisode de sa vie demeuré clos, aux contours soigneusement délimités, qui n'avait pas livré son secret. Contrairement à ce qu'on dit, une vie ne ressemble pas à un roman mais, plutôt, à un recueil de nouvelles, coiffées chacune d'un titre et séparées par une page blanche, reliées par un fil ténu qui n'apparaît qu'au terme de la lecture.

Elle posa sa tasse et se leva.

— Viens. Je vais te présenter François.

Elle m'entraîna dans un long couloir étroit et mal éclairé, aux allures de passage secret.

— L'année dernière, dit-elle, j'ai travaillé comme guide touristique. On recevait des Anglais, des Hollandais. Un jour, j'en ai fait venir ici. François était à Paris.

Elle poussa une lourde porte.

— La tour date du XIIIe siècle.

— Magnifique.

— Les murs ont un mètre d'épaisseur. Regarde.

Le jour s'insinuait à travers une fenêtre à croisillons, difficile d'accès tant la paroi était large.

— Il faut une pince pour l'ouvrir, expliqua-t-elle.

Elle me montra une longue tige en fer, posée contre une chaise.

La bibliothèque était imposante. Des livres tapissaient les murs, du sol au plafond. Des éditions anciennes, des ouvrages reliés en cuir qu'on pouvait supposer précieux (mais tous les livres anciens n'ont pas une grande valeur, un brocanteur m'a appris cela).

Rongières n'était pas arrivé. J'entrepris de faire le tour des rayonnages, avançant à petits pas, lisant au hasard quelques titres.

— Paul Ribot, prononça soudain Elisabeth.

Je me tournai, fouillai des yeux la pièce. Alors, dans la pénombre, j'aperçus une forme très sombre, ramassée sur elle-même, presque invisible, faisant corps avec un fauteuil. Ses genoux étaient recouverts d'un plaid à carreaux écossais.

— Merci d'être venu ici…

Sa voix ne résonnait pas : plutôt, elle craquait comme du bois sec.

— François Rongières, dit-il en me tendant la main.

— Bonjour Monsieur. Très honoré.

La formule était éculée, mais elle avait surgi sans prévenir. Trop tard. On a le droit de reprendre ses pensées mais pas ses mots.

Il avait un visage osseux et maigre, assez difficilement reconnaissable, un front haut mais encore pas mal de cheveux, un cou fin, et j'eus cette idée : un cou qu'il aurait été facile de briser, qui aurait fait crac, d'un seul coup, sans qu'il fût nécessaire de mobiliser une grande force.

— Asseyez-vous, dit-il en faisant un geste de la main (un geste de roi fatigué).

Je pris place sur un petit fauteuil, beaucoup trop bas pour moi, placé en face du sien.

— Je vous laisse, dit Elisabeth en s'éloignant.

Je l'enviai d'avoir le droit de quitter la pièce, de retourner à l'air libre.

Soudain, je me demandai : que savait-il de moi ? Lui avait-elle expliqué que ce Paul Ribot qui venait de s'asseoir en face de lui, ce journaliste de *Paris-Turf*, cet entonnoir à confidences, n'était autre qu'un certain Philippe Waxman, qu'elle avait connu sur les bancs de la Sorbonne, vingt-cinq ans plus tôt ? Ce gentil garçon qu'elle retrouvait dans des cafés au long d'un hiver parisien et avec lequel, tout de même, elle avait couché, un après-midi pluvieux d'avril, dans une maison de vacances un peu triste, au bout de l'avenue maritime de Merville-Franceville.

— Je suis un peu souffrant, prévint Rongières, comme s'il avait un rhume. Vous ne m'en voudrez pas si j'écourte l'entretien ?

— Pas du tout.

Je sortis de la poche de ma veste mon vieil enregistreur à cassettes.

— Non, dit-il. Oubliez ça.

J'avais espéré que la vetusté de l'appareil plaide en sa faveur. Mais il se montra intraitable.

— Vous n'avez pas besoin de ça, continua-t-il. Si ?

— Non, pas vraiment. Je vais prendre des notes.

— D'accord. Mais ça va nous ralentir.

— Quelques-unes seulement. Je suis rapide.

— Bon, faites comme vous voulez.

Il avait soixante-seize ans mais je me dis qu'il en paraissait davantage.

— Vous avez un nom de cheval ! s'exclama-t-il avec un mélange d'entrain et d'indifférence, comme s'il convenait de se donner un peu de mal, de faire semblant de s'intéresser à moi. Mais cela ressemblait à un effort isolé, à un geste unique, consenti une fois pour toutes.

Je faillis dire qu'il s'agissait d'un pseudonyme. Et puis non, qu'est-ce que ça pouvait bien faire...

— Vous connaissez Ribot ? enchaînai-je.

— Bien sûr. J'étais gamin, à l'époque. Quand il gagnait toutes ses courses. Combien de victoires ?

— Seize. Jamais battu.

— C'est ça. Je m'en souviens bien. Vous savez qu'il avait un poitrail exceptionnel ? On n'a jamais vu ça, une telle largeur. La capacité pulmonaire, c'est le tiers d'un cheval de course.

En glissant mon enregistreur dans ma sacoche j'avais discrètement appuyé sur la touche *record*, c'est une entourloupe que j'ai déjà faite dans le passé. La touche est silencieuse, il ne s'était aperçu de rien. J'étais tranquille pour un moment.

Je le regardai en souriant, pour l'encourager à parler

(mais il n'avait pas besoin d'encouragements, le sujet lui convenait).

— Un cheval, déclama-t-il, galope avec ses poumons, résiste avec son cœur et gagne avec sa volonté… Vous connaissez la phrase ?

Je fis très ostensiblement non de la tête, comme si j'étais surpris et captivé. Je la pris en note, en feignant de m'appliquer.

Subitement, je pensai : c'est avec cet homme-là qu'elle vit. Depuis douze ans. Cet homme-là lui convient. Elle partage son quotidien. Elle veut bien coucher avec lui. Enfin, s'il en est encore capable. Mais peut-être exagère-t-il son handicap. Peut-être le surjoue-t-il… Il y avait dans la voix desséchée de Rongières, dans ce souffle court, dans ce fauteuil poussé dans le coin le plus sombre de la pièce, ce plaid étalé sur ses genoux, un aspect théâtral. Il se donnait en spectacle. Il parlait comme s'il était déjà loin, il mettait en scène la distance, la creusait. C'était une représentation. Il faisait semblant d'être entré dans un tunnel. Un tunnel dont on ne voyait pas la fin, qui était le tunnel de la mort. Il avait parcouru plusieurs mètres, dans ce tunnel. Je le regardais depuis l'entrée. Il me signifiait : j'ai bien avancé. Vous voulez que je vous dise : je suis content d'être là, c'est ainsi. J'ai profité de ma vie et, maintenant, je vais profiter de ma mort. Ça vous étonne ? Vous ne pouvez pas comprendre.

Soudain, je sus qu'il n'allait pas m'écouter. Ni tout de suite, ni plus tard. Je ne l'intéressais pas, ne l'intéresserais jamais. Sans me l'avouer, j'avais eu l'espoir d'entamer un échange avec lui. D'avoir une conversation sincère, chaleureuse. Lui parler de mes lectures de jeune homme, de mon ancienne passion pour son œuvre. Lui dire ce qu'il avait représenté pour moi. J'avais espéré le toucher, jeter les bases d'une relation, peut-être d'une amitié.

Quand mon éditeur avait dévoilé son plan, quelques semaines plus tôt, je m'étais réjoui. La vie répare, avais-je pensé. Elle nous remet en présence, au moins une fois, de ce qui nous a échappé. Ce que nous n'avons pas pu ou pas su saisir. Ce qui a fui nous sera rendu, une seule fois, au moment où nous nous y attendrons le moins. C'est une idée que j'avais lue quelque part, qui m'avait semblé plutôt fumeuse, sur le moment, et qui pourtant m'était restée en tête. En particulier la phrase : « quand nous nous y attendrons le moins ». Ce que nous désirons nous sera donné, mais ce sera une complète surprise, et nous n'y serons absolument pas préparés.

Il choisissait ses mots avec précision, comme s'il dictait un texte. Il parla d'équitation, du jour où son père l'avait installé pour la première fois sur le dos d'un cheval, en Égypte. Il était né au Caire au temps du roi Farouk. Il évoqua, à ce propos, un petit détail amusant : son père avait assez bien connu le père de Claude François, Aimé François, qui travaillait pour le canal de Suez. Ils avaient fait des affaires ensemble. Lui et Claude François s'étaient d'ailleurs croisés au Lycée français du Caire, mais le souvenir qu'il en gardait était assez vague. Ils avaient quelques années de différence. « Dans la cour il y avait un garçon très blond, sa blondeur m'impressionnait. Mais je ne lui ai jamais parlé », ajouta-t-il avec une nuance de regret.

Curieux qu'il mentionne ce souvenir, pensai-je, il y a trente ans il ne l'aurait sans doute pas évoqué, il aurait évité d'en parler ou, le cas échéant, il en aurait fait une anecdote croustillante, impertinente, parfaite pour la télévision, et Bernard Pivot se serait exclamé : « Vous et Claude François, ça je ne l'aurais jamais cru ! » C'était un jeune écrivain chic, en ce temps-là, exhalant un parfum d'avant-garde (sans pour autant décourager ses lecteurs), plus ou moins héritier du Nouveau Roman, choyé par les médias et par ses éditeurs, français ou étrangers. Son premier roman avait été traduit en cinq langues.

— Vous n'allez pas l'écrire, ça ?

— Non…

— Oh, et puis zut. Écrivez ce que vous voulez.

On frappa à la porte.

— Oui ! lança-t-il d'une voix tonitruante, qui portait loin, comme s'il avait subitement retrouvé ses poumons.

Elisabeth avait entrebâillé la porte.

— Tout se passe bien ?

— Ça va, dit Rongières d'un air contrarié.

— Vous continuerez demain…

Il laissa filer quelques secondes.

— Tu as raison, admit-il. Assez pour aujourd'hui.

Et, se tournant vers moi (il m'avait à peine considéré pendant l'entretien, deux ou trois fois seulement son regard avait dérivé sur ma main prenant des notes) :

— Eh bien, à demain. Merci.

Sans doute voulait-elle le ménager, éviter qu'il ne s'épuise afin que le travail suive son cours, se prolonge au moins pendant quelques jours.

Je me levai, le saluai.

— Venez, je vous raccompagne, dit-elle.

Je dressai l'oreille : elle m'avait vouvoyé devant lui. Ainsi, elle ne lui avait rien dit. Le passé demeurait secret, notre complicité était sauve.

— Vous voulez voir l'écurie ?
— Volontiers.

Le bâtiment occupait une aile en équerre, située derrière le corps principal du manoir.
— Nous avons trois chevaux.
— Litote et Bon-qu'à-ça, avançai-je (dans ma tête, j'avais adopté l'orthographe beckettienne).
— Oui. Et Maldoror. Je vois que tu es au courant.
— Maldoror ?
— François l'a acheté il y a deux ans, dans un réclamé*. Il a couru à Auteuil, en obstacle. Il a même gagné. Et puis, il s'est blessé en sautant la rivière des tribunes. Il est un peu éclopé. C'est Tiffany qui l'a sauvé. Elle s'y connaît en remèdes. Tu sais, elle est assez étonnante. Elle n'a que dix-huit ans.
— Je sais.
— Pendant trois mois, elle lui a fait des compresses spéciales, avec des plantes et de la terre mouillée.
— De la terre mouillée ?
— Oui, de la terre qu'elle va chercher dans la forêt. Avec une cuillère et des sachets. Juste après la pluie. Elle la ramasse sous les arbres. Il faut que la pluie ait couru sur les feuilles et les branches, si j'ai bien compris.
— Qui lui a appris ça ?

* Course de chevaux proposés aux enchères (*N.d.A.*).

— Aucune idée. Je crois qu'elle a lu des livres, elle est complètement autodidacte. En tout cas, le cheval trotte à nouveau. D'après elle, il pourra galoper bientôt.

Deux rangées de stalles longeaient un couloir pavé.

— C'est grand, dis-je.

— Oui. L'ancien propriétaire avait huit chevaux. Des trotteurs qu'il entraînait lui-même.

Elle s'approcha d'un box.

— Ici, c'est Bon-qu'à-ça.

— D'accord. Au fait, tu l'écris comment ?

— Comme la phrase de Beckett, dit-elle en souriant.

Tiffany avait raison. La robe grise des deux chevaux était très similaire. Litote était un peu plus pommelée. On les imaginait très bien faisant la paire, à l'attelage.

— François a toujours aimé les attelages ?

— Non, mais ça le passionne depuis quelques années. Comme tu as pu le remarquer, il s'est toujours intéressé aux véhicules, aux moyens de transport.

— C'est vrai. Le sous-marin. Les voitures. La motocyclette dans *Marges*. L'hélicoptère dans *Les Oubliés*.

— Il y a l'attelage sportif, bien sûr, mais cela demande beaucoup d'entraînement. Nous, on pratique l'attelage de tradition. On est en costume, avec des vêtements qu'on a chinés ou qu'on a commandés chez un tailleur. On fait des tours de piste, des parcours, il y a un jury et une remise de prix. L'année dernière, François a acheté un haut-de-forme à Londres. Ça te paraît ridicule ?

— Pas du tout.

Tout de même, c'était une drôle d'évolution. Ainsi, il était passé du moteur à propulsion d'un sous-marin lanceur d'ogives, le fameux chapitre de trente pages de son premier roman salué par la critique de 1975, aux tilburys en costume rétro et chapeau haut-de-forme. Peut-être, en fin de compte, n'avait-il fait que suivre l'évolution de la société ? La France des ingénieurs avait cédé la place à celle du *vintage*. Qui lisait encore les livres de Robbe-Grillet ? Qui s'intéressait aux théories avant-gardistes de Jean Ricardou, au roman conçu comme une mécanique de fiction ?

Bon-qu'à-ça avait le nez plongé dans sa mangeoire et ne semblait pas vouloir la quitter.

Litote, qui en faisait autant (ils venaient apparemment de recevoir leur ration), se retourna dès qu'elle nous entendit et s'approcha d'un pas chaloupé. Elle sortit la tête du box et pointa les naseaux sur moi.

— On dirait qu'elle t'apprécie, s'amusa Elisabeth.

Pourquoi l'affection d'un animal, réelle ou imaginaire, nous remplit-elle d'une joie sûre, d'une intime satisfaction ? À bien des égards, l'attention d'un animal nous touche davantage que celle d'un être humain. Elle nous apparaît sincère, profonde, mystérieusement reliée au cosmos. Nous nous sentons élus. L'attention d'un être humain nous distrait ou nous séduit, celle d'un animal nous rapproche de l'indicible.

Je posai ma main à la naissance du chanfrein et descendis, puis je recommençai en partant d'un peu plus haut, de sorte qu'une même caresse contenait plusieurs sensations tactiles, les traversait, en éprouvait le contraste.

La jument se laissait faire, remuant doucement la tête en signe d'approbation. Elle avait le regard attentif, les oreilles dressées. Parfois, elles battaient comme des ailes de papillon. Les animaux ne peuvent pas sourire, mais ils le font à leur manière, et ce sourire invisible possède une force incomparable.

Soudain, la main d'Elisabeth vint s'ajouter à la mienne. Ses doigts parcouraient le nez soyeux de Litote et, ce faisant, ils m'effleuraient aussi.

Nous continuâmes ainsi quelques instants. Puis sa main se referma sur la mienne et la tira vers elle, l'éloigna des naseaux de la jument.

En entrant dans l'écurie, elle avait pris soin de bien fermer la porte derrière elle. Nous étions seuls. Qu'est-ce qui me retenait de l'enlacer, d'approcher mes lèvres des siennes ? La crainte de voir surgir Rongières ? D'une caméra de surveillance dissimulée dans le plafond ? Ma vieille admiration me paralysait-elle ?

L'occasion était rêvée. Une seule fois, pensai-je. Au moment où l'on s'y attend le moins, lorsqu'on n'y est absolument pas préparé… Ne pas réfléchir. Ne pas se retourner. S'avancer et saisir sa chance. La tenir le plus fermement possible. Ne pas desserrer les doigts. Une seule fois, dans une vie.

J'entendis un bruit.

Ça venait d'un peu plus loin. Un bruit indéfinissable. Elisabeth l'avait entendu aussi : elle se redressa, s'éloigna de quelques centimètres.

Un bruit de succion, aurait-on dit. Suivi d'un claquement de langue. Comme lorsqu'un cow-boy aspire le venin d'un crotale, en plaquant ses lèvres contre la morsure, dans le désert géométrique et poussiéreux des westerns.

Litote avait un peu relevé la tête, remué les oreilles. Mais elle n'était pas effrayée (quand un cheval a peur cela ne passe pas inaperçu, il devient lui-même terrifiant).

— Maldoror, dit Elisabeth.

Je traversai le couloir à pas lents. C'était la dernière stalle de la rangée. Qu'allais-je y découvrir ? J'étais un peu inquiet, malgré la réaction placide de la jument.

Maldoror était un alezan de forte stature, à la croupe puissante. Un beau modèle, comme disent les entraîneurs. Je lançai un coup d'œil par-dessus le portillon.

Tiffany était accroupie sur un minuscule tabouret en plastique rouge, comme on en voit dans les écoles maternelles. Elle se trouvait non pas à côté mais sous le cheval, tournée vers les postérieurs, de sorte que le sommet de sa tête s'enfonçait dans le ventre de l'animal. Par terre, calés dans la paille fraîche, elle avait disposé plusieurs bols dont on ne voyait pas le contenu. J'imaginai des préparations, des onguents concoctés par ses soins.

Sur le jarret, je distinguai une sorte d'emplâtre. Une mixture indéfinissable, assez foncée, qui dégoulinait un peu.

— Tiffany ?

— Oui.

— Ça va ?

— Oui.

Évidemment, ce n'était pas le moment de la déranger. Elle formait une petite masse sombre, ramassée sur elle-même, épousant la forme de l'animal.

Je me retournai.

— Ah, fit Elisabeth. Elle est là…

Je sentis du dépit dans sa voix.

D'une certaine façon, j'étais déçu moi aussi. Nous étions si près l'un de l'autre… L'occasion était gâchée. Mais la vision de la jeune lad sous le cheval m'avait mis de bonne humeur. Pour une raison que je ne m'expliquais pas, ce spectacle inattendu avait quelque chose de profondément réjouissant.

Je m'éloignai sans dire un mot. Elle se livrait à un exercice délicat, qui réclamait de la concentration. Je me promis de l'interroger à un autre moment. Quand nous serions assis côte à côte dans le camion, par exemple.

Et cette perspective, cette pensée furtive, l'idée que nous serions bientôt assis l'un près de l'autre, elle au volant et moi à sa droite, avec des kilomètres devant nous et du temps pour se parler, fit naître en moi un sentiment joyeux, à mi-chemin de l'excitation et de l'apaisement, contenant du chaud et du froid, un sentiment qu'il était difficile de qualifier (mais auquel, peut-être, j'aurais pu associer le terme d'*échappée*).

D'un commun accord, Elisabeth et moi sortîmes de l'écurie. La tête me tournait un peu. La proximité des animaux, la pénombre, les odeurs de foin et de purin m'avaient enivré.

Nous marchâmes l'un à côté de l'autre mais à une distance raisonnable. On pouvait nous voir, depuis la maison.

— Je te raccompagne à Donzy, dit-elle.

Dans la voiture, elle m'expliqua qu'elle devait conduire François à l'hôpital de Nevers, cet après-midi-là, pour une visite et quelques examens de routine. Rien d'inquiétant, avaient assuré les médecins. Elle m'appellerait dès qu'ils en auraient fini.

Elle m'interrogea à propos de l'entretien. Je répondis que tout s'était bien passé. J'avais recueilli d'utiles informations.

— Il t'a parlé de l'Égypte ?

— Oui, un peu.

— Avant, il n'en parlait jamais. Maintenant, ça revient tout le temps.

Elle avait prononcé ces mots sans animosité mais sans tendresse, comme un constat.

Le ciel s'était couvert. Un commencement de fatigue me gagna. Nous restâmes en silence pendant la fin du trajet.

Cet après-midi-là, j'avais décidé d'explorer les alentours du village.

Vers trois heures je quittai l'hôtel et partis au hasard, emportant mon carnet de notes et mon crayon. Le ciel était gris mais la pluie ne menaçait pas.

À un carrefour, j'hésitai entre plusieurs directions. Je choisis finalement « Entrains-sur-Nohain, 13 km », parce que c'était le village dont Tiffany m'avait parlé. Le village dont elle était originaire, où son père tenait une boulangerie. Suivons l'odeur du pain, pensai-je en abordant la légère pente ascendante.

Je marchai quelque temps le long de la route, espérant trouver un chemin. Mais le chemin se faisait attendre. Les champs étaient vastes, tirés au cordeau, soigneusement labourés. Rien ne semblait laissé au hasard.

Faute d'avoir trouvé un chemin, je devais m'écarter à chaque fois qu'une voiture passait, projetant des gravillons. Les gens roulent vite dans les campagnes, plus vite qu'ailleurs, sous prétexte qu'il n'y a personne et qu'ils connaissent parfaitement la route. Ils croient qu'ils peuvent conduire les yeux fermés.

Je finis par penser que je ne trouverais pas de chemin et, de guerre lasse, j'empruntai la première route transversale, plus étroite et vraisemblablement moins fréquentée que la première.

On est persuadé qu'on va trouver un chemin et on ne le trouve pas. La vie est ainsi faite. On est condamné à marcher le long de la route, à proximité des voitures, où l'on manque à chaque instant d'être percuté, ou sur le bas-côté herbeux où l'on se tord les chevilles. On croyait découvrir un chemin, on s'accommodait parfaitement de l'idée du chemin, on était ravi de s'en contenter, on se félicitait de sa propre modestie, mais voilà qu'il ne se présente pas. On prend conscience que même cela, trouver un chemin, est en vérité une tâche ardue, incertaine, presque impossible, et pour finir on est contraint d'y renoncer.

On se résout à imaginer le chemin, tandis qu'on avance dans le bruit et les gaz d'échappement.

L'idée du chemin, tôt ou tard, remplace le chemin. Et l'idée de l'amour remplace l'amour.

Je remarquai une grosse pierre au milieu d'un champ, un bloc d'environ un mètre de haut et deux mètres de long qui, de toute évidence, n'avait aucune utilité. Elle paraissait tombée du ciel. Une pierre qui, sûrement, représentait une gêne pour le cultivateur, qui compliquait le passage du tracteur et, plus tard dans la saison, de la moissonneuse-batteuse. Qu'il fallait contourner, longer.

Pourquoi la laissait-on là ? Quels agriculteurs distraits s'étaient exonérés du devoir de la casser à l'aide d'une barre à mine et d'un bâton d'explosif et de jeter les débris dans une benne, de s'en débarrasser pour de bon ? Je décidai d'aller y voir de près.

La surface en était douce et polie. Comme le nez d'un cheval, pensai-je (mais le nez d'un cheval est plus que cela, il est *velouté*).

Je grimpai dessus sans difficulté. Devant moi s'allongeait un champ, descendant en cuvette puis remontant, allant mourir au pied d'un bois. Des générations de jeunes gens avaient dû s'asseoir là. Certains y avaient échangé des baisers, à la tombée du soir. Depuis des siècles, pensai-je, depuis mille ans, des garçons et des filles montaient sur cette pierre et contemplaient le même paysage.

Je songeai à Elisabeth. Son attitude était assez surprenante… Qu'attendait-elle, au juste ? Avait-elle, comme moi, l'espoir de remonter le temps, de recoudre la toile du passé ?

Je me demandai si, au cours de ces vingt-cinq dernières années, je lui avais manqué. Par exemple, quand elle s'était mise en ménage, à Manhattan, avec l'éditeur américain ? La réponse était évidente : non. Et lorsqu'elle avait fait la connaissance de Rongières et qu'elle était devenue sa maîtresse, puis sa femme ? Bien sûr que non. À aucun moment, selon toute probabilité, je ne lui avais manqué. Mais tout à l'heure, dans l'écurie, elle avait bel et bien pris ma main.

Pour elle, sans doute, je n'étais qu'un fond de tiroir. Mais ce fond de tiroir, pensai-je, est probablement tout ce qui lui reste. Elle vit à la campagne, dans une maison isolée, en compagnie d'un homme vieillissant, inquiet, qui ne peut plus se passer d'elle. Elle s'est coupée de ses anciennes connaissances, ne va plus à Paris. Lentement, au fil des années, l'avenir s'est refermé.

Je me sentais bien, sur ma pierre, tandis qu'un rayon de soleil perçait les nuages. Assis en tailleur, comme sur un tapis volant. Il soufflait une brise agréable. Le soleil jouait avec les nuages. Il promenait sur les champs son pinceau, se retirait, réapparaissait.

Je scrutai le paysage. Il n'y avait personne. Pas un cultivateur, pas un tracteur. Le travail, semble-t-il, était fait. La campagne était plongée dans ce qu'elle sait faire de mieux : attendre. Les performances des machines, la robustesse des semis et l'efficacité des produits sanitaires avaient accentué ce phénomène. Les agriculteurs travaillaient mais ils étaient de moins en moins nombreux, ils n'étaient plus qu'une poignée de serviteurs affairés et, pendant ce temps, l'immense campagne attendait. Sur la route, toutes les cinq minutes, une voiture passait.

Il y a quarante ans, lorsqu'il y avait encore des jeunes gens dans les campagnes, les routes bourdonnaient, c'était un va-et-vient incessant de motos, de mobs plus ou moins trafiquées. Et chaque année, dans chaque village, plusieurs de ces jeunes gens en blouson et jeans troués s'envolaient à jamais, ils planaient et retombaient en se brisant la nuque, la route était un gigantesque piège de bitume, un papier tue-mouches déroulé à l'infini sur lequel ils se laissaient prendre.

L'après-midi avançait. Elisabeth devait être à Nevers, s'entretenant avec un médecin ou attendant dans un couloir mal éclairé, assise sur un siège coquille, que Rongières ait passé un scanner ou un IRM.

Elle avait promis de m'appeler, quand ce serait fini. Je consultai mon portable : l'icône de la messagerie clignotait. J'eus un petit sursaut quand je vis s'afficher le nom de mon éditeur.

« Sais où vous êtes. Auriez pu me prévenir. Rapportez matériel valable. GB »

À coup sûr, Fabergé lui avait signalé ma présence. Mon éditeur avait de longues antennes.

Je tapai aussitôt :

« Allais vous appeler. Premier entretien ce matin. Matériel intéressant. Vous tiens au courant. Philippe »

Cet échange en style télégraphique avait un petit côté plaisant. Cependant, je n'appuyai pas aussitôt sur la touche envoi.

J'avais envie de penser à Elisabeth. Le jeu du soleil sur les champs me donnait envie de penser à elle. Je sentais monter en moi un besoin de tendresse et de pardon.

En fin de compte, elle avait fait ce qu'elle pouvait. Les circonstances l'avaient emportée loin de moi, mais peut-être ne m'avait-elle pas complètement oublié. Dans le livre de sa vie, j'avais continué d'apparaître en filigrane. Pendant les rudes hivers new-yorkais, ne songeait-elle pas, certains jours, au café de la rue Gay-Lussac ? Je l'avais jugée sévèrement. D'ailleurs, sa relation avec Rongières la ramenait à moi. En le choisissant, ne m'avait-elle pas un peu choisi, moi aussi ?

Et puis, il y avait autre chose : ni elle ni moi n'avions eu d'enfants. Et probablement nous n'en aurions pas, même si c'était encore possible pour moi (mais cette licence qu'ont les hommes d'enfanter à tout âge est aussi un leurre, qui leur sert à remettre à plus tard ce qu'ils ne peuvent ou ne veulent pas faire – ils pensent à des hommes célèbres devenus pères après soixante ans et se disent « pourquoi pas moi ? », en oubliant que leur situation n'est pas celle-là, ce que de tels hommes ont pu se permettre ils ne le peuvent pas).

L'absence d'enfant nous rapprochait. Elle était la marque d'une solitude qui nous poursuivait. Assis sur mon tapis volant, j'étais disposé à croire que nous étions faits l'un pour l'autre. Le destin nous réunissait au bon moment, après nous avoir fait traverser bien des vicissitudes, un quart de siècle d'expériences variées et, pour l'essentiel, décevantes. Nous avions mûri, nous étions prêts à entamer la seconde partie de notre relation, la séquence définitive.

Chez Marise, la veille, je l'avais interrogée à propos de la Lorelei. Il existait, d'après elle, plusieurs versions de la légende. Elle avait sa préférée.

Nymphe d'une incomparable beauté, Lorelei avait élu domicile au sommet d'un grand rocher surplombant le Rhin, en bordure d'un méandre particulièrement profond et dangereux. Les mariniers qui avaient le malheur de la contempler en tombaient inévitablement amoureux et, lorsqu'ils cherchaient à l'approcher, perdaient le contrôle de leur embarcation et se noyaient. Un jour, elle aperçut un beau garçon qui sifflotait, debout sur la proue d'un navire et, cette fois, c'est elle qui tomba sous le charme. Elle se cacha, de peur qu'il ne l'aperçoive et se dirige vers le rocher. Mais ses longs cheveux la trahirent et, s'il ne vit pas son visage, il la devina et fut pris de curiosité. Une semaine plus tard, tandis qu'il descendait le fleuve, il voulut approcher de la rive. Le bateau fut entraîné dans les remous et naufragea. Folle de douleur, la Lorelei se jeta dans le Rhin, rejoignant le jeune homme dans les eaux glacées.

Ses yeux brillaient en racontant l'histoire. Nous aurions pu en parler pendant des heures. Elle exprimait une forme d'impossibilité romantique : l'amour était une cause désespérée, la mort seule pouvait réunir ceux qui s'aimaient. En dépit de sa beauté, l'histoire de la Lorelei nous condamnait. Elle soulignait une terrifiante stérilité.

Mais les légendes sont faites pour être dépassées. Elles sont un avertissement. Un promontoire, un sommet d'où la vue est parfois saisissante, mais où l'on ne peut séjourner longtemps, parce qu'il y fait trop froid, que l'air y est trop vif. Il faut gravir les légendes, contempler le paysage alentour, l'inscrire dans sa mémoire et basculer de l'autre côté.

Soudain, assis sur ma pierre, je me dis qu'un amour était possible. J'avais envie d'y croire. Un amour vivant, tangible. Celui dont j'avais été privé, vingt-cinq ans auparavant. Rongières ne serait pas un empêchement. Sur mon tapis volant, je me sentais capable de survoler tous les obstacles, de renverser toutes les barrières. Ce matin, elle avait pris ma main. Je n'avais pas rêvé.

Il était un écrivain célèbre et moi je n'étais qu'un pigiste, un biographe sportif. Il avait épousé la femme que j'aimais. Mais la vie continuait, les jeux n'étaient pas encore faits.

La lumière commençait à décliner. Le paysage devenait moins statique. On aurait dit qu'il était saisi d'un léger tremblement, comme s'il allait se mettre en mouvement, s'ébranler pour entrer dans la nuit.

Soudain, je les vis. La double silhouette se découpait contre le ciel. Un cheval et son cavalier. Ils allaient au pas entre deux collines, comme s'ils avançaient sur un fil tendu entre deux mâts, à la manière des funambules. Ils étaient loin, à plusieurs centaines de mètres, mais j'étais certain de les avoir reconnus.

Le cavalier, ou plutôt la cavalière, leva la main, fit un grand salut. Je lui répondis, dessinant un geste aussi ample que possible. Ses jambes pendaient à la verticale, on aurait dit qu'elle montait à cru.

Alors, une chose étonnante se produisit : elle ramena ses jambes devant elle et, basculant le torse en avant, elle se mit debout sur le cheval. Puis elle pivota et se tourna vers moi.

À mon tour, je me levai.

Une deuxième fois, Tiffany me salua. Puis elle leva les bras à l'horizontale et, pendant quelques secondes elle resta ainsi, les bras en croix, comme si elle exécutait un numéro de voltige.

Ensuite elle s'assit à califourchon, mais à l'envers, si bien que Litote, qui avait atteint la lisière du bois et venait de changer de cap, s'éloignant désormais, cheminait sans pilote. La jeune fille et la jument disparurent derrière la colline.

Je demeurai immobile pendant un moment, laissant les images se dissoudre lentement. Puis je descendis de ma pierre, rejoignis la route à travers les labours.

Sur la route, je ne croisai plus aucune voiture. S'il en vient une derrière moi, pensai-je, je l'entendrai. Le silence était absolu. Je cessai de tenir ma droite et marchai au milieu de la chaussée.

Elisabeth m'appela pendant le journal télévisé (je dis cela car il était vingt heures dix, mais en vérité je regarde les chaînes d'infos, comme tout le monde – la spécialisation a gagné dans tous les domaines, et nous sommes si bien spécialisés que nous n'apercevons plus le centre, nous nous sommes avancés si loin sur la branche que nous ne distinguons plus le tronc de l'arbre).

— Je vais dormir ici, m'annonça-t-elle avec une pointe de gravité.

— À Nevers ?

— Oui. Ils ont décidé de le garder, cette nuit. Le neurologue a ordonné des examens complémentaires, mais ce soir c'est impossible, ils les feront demain matin. Je suis dans ma chambre du Mercure.

— C'est bien. Comme ça, tout aura été fait.

— Oui, tout aura été fait.

— Tu seras tranquille.

— Je n'en peux plus, lâcha-t-elle.

— Fatiguée ?

— Pire que ça.

— Je comprends.

— Heureusement que tu es là.

Il y eut un silence.

— Tu sais, j'en ai parlé à François. Ce serait plus simple si tu t'installais à la maison. Ça éviterait les trajets depuis l'hôtel. Et vous pourriez vous rencontrer plus librement, pour les entretiens.

— Bonne idée.

— Tu es d'accord ?

Je n'étais pas certain de devoir accepter. La configuration m'apparaissait complexe et périlleuse. Mais je ne disposais ni du temps ni de l'énergie mentale suffisante pour élaborer une réponse plus adéquate, plus en accord avec moi-même.

— Oui.

— Génial. Comme ça on pourra se voir plus souvent, tous les deux.

Il fallait que j'ajoute quelque chose.

— Oui, c'est bien…

— J'envoie Tiffany te chercher, demain matin. Dix heures ?

— Parfait.

— Bonne nuit.

— Bonne nuit.

— Je t'embrasse.
— Moi aussi.

Maintenant, j'étais allongé sur mon lit d'hôtel, dans l'obscurité. J'avais éteint le téléviseur. Il était deux heures du matin.

J'allais donc m'installer là-bas. Vivre en leur compagnie, partager leur quotidien. Pour combien de temps ? Rongières, Elisabeth et moi, réunis sous le même toit… Comme si tout m'était donné, d'un seul coup. Toute ma jeunesse offerte à la fois. Passé un délai de vingt-cinq ans. Un énorme et précieux paquet cadeau qu'il me fallait ouvrir avec délicatesse, en prenant soin de ne pas l'abîmer. En évitant, si possible, de déchirer le papier.

Je pouvais dormir jusqu'à neuf heures. Ensuite, je descendrais prendre un petit déjeuner. Je regrettai de n'avoir pas fait davantage connaissance avec le village. J'irais manger un croissant dans un café. J'en avais repéré un, dans le dos de l'église, qui m'avait semblé assez authentique. Dans son jus, comme disent les brocanteurs. J'y profiterais de mes derniers instants de tranquillité.

Ensuite, je ferais mon sac et payerais ma chambre. À dix heures, Tiffany se présenterait sur la place. Litote serait-elle de la partie ? Si c'était le cas, j'irais la saluer dans le camion. Cette perspective me fit oublier, momentanément, Rongières et Elisabeth.

La proximité des chevaux, je le sentais, m'était profondément bénéfique. En compagnie d'un cheval, l'humanité s'estompe, perd de sa virulence. À l'inverse, les paysages se dessinent, gagnent en consistance. Un cheval est une promesse de paysages. Il en contient une infinité, une collection de lumières et de formes. Son dos est, à lui seul, un paysage. Le cheval nous emporte, aucun autre animal n'est capable de faire ça. Sa présence nous allège, nous libère du poids de la gravité. Il nous rend aux éléments, nous rapproche de la terre et du ciel. Il nous introduit dans le grand cercle.

Ce fut ainsi, en imaginant les yeux attentifs et les oreilles pointées de la jument, que le sommeil me gagna.

Je me levai tard. Tant pis pour le petit déjeuner dans le café, je le prendrais à l'hôtel. Mais le réceptionniste m'annonça que le service était terminé. Je demandai la note. Elle était réglée. J'insistai pour payer.

— Impossible, expliqua-t-il, la carte de crédit de Madame Rongières a déjà été débitée.

Je fis le tour de la place puis montai dans ma chambre pour prendre mes affaires, soucieux d'être à l'heure. Avant de descendre je jetai un coup d'œil par la fenêtre. Le camion de Tiffany n'était pas là.

Je sortis de l'hôtel et remarquai un homme qui fumait, à côté de l'entrée. Il se tourna vers moi.

— Paul Ribot ?

— Oui.

— Je dois vous accompagner.

Pendant un instant, je crus qu'il s'agissait d'un policier en civil. Qu'avais-je donc fait ?

Et puis j'aperçus le taxi, garé le long du trottoir. Depuis la fenêtre de la chambre, obnubilé par l'idée de voir surgir le camion, je n'avais pas fait attention à lui.

L'homme ouvrit le coffre. À regret, j'y déposai mon sac. J'ai toujours répugné à mettre ma valise ou mon sac dans le coffre d'un taxi, j'ai l'impression de les laisser en gage.

Je m'assis, de mauvaise humeur. L'agréable trajet que je m'étais promis de faire venait de m'être retiré. J'essayai de me raisonner : Tiffany, sans doute, accomplissait une tâche urgente et n'avait pas pu se libérer. Depuis Nevers, Elisabeth avait fait appel à un taxi, résolu le problème. Il n'y avait rien à lui reprocher. Pourtant je me sentais contraint, déçu comme un enfant peut l'être, privé d'une joie qu'il se faisait.

Les déceptions nous ramènent à l'enfance. Les enfants n'ont pas mis en place de système de protection, des filets de sécurité aptes à en amortir les chocs. Avec le temps le cuir s'épaissit, l'indifférence se muscle, la douleur s'atténue. La déception devient supportable, à défaut d'être bénigne. Et la vie passe, avec moins de dommages mais plus vite qu'on ne l'avait imaginé.

La route empruntée par le taxi était la même que celle prise par Tiffany. Mais la campagne m'apparaissait plus grise, moins riche de nuances, privée de cette combinaison de puissance et de tendresse qui m'avait ému la veille. J'étais redevenu un simple passager, transporté d'un point à un autre. À l'avant du camion, j'avais eu l'impression de planer au-dessus des champs.

La grille de la propriété était ouverte. J'aperçus la voiture de Rongières devant la maison, une grosse Volvo d'un modèle récent.

Les examens avaient dû être faits de bonne heure, dès l'ouverture du service de radiologie, et on les avait laissés partir. Ou bien il était resté là-bas et elle était revenue, seule. Dans ce cas, nous aurions du temps pour nous. Peut-être une journée entière, une nuit, sans être dérangés.

C'était une idée mesquine, j'en avais conscience. Profiter de la maladie de Rongières pour le remplacer auprès de sa femme n'avait rien de reluisant. Mais le destin semblait en avoir décidé ainsi. Et puis, dans une certaine mesure, c'était à moi qu'il la devait. Je l'avais connue bien avant lui. Considérée sous cet angle, la situation paraissait plus acceptable.

— Je vous dois combien ?

— Rien, Monsieur. C'est payé.

Elisabeth apparut, alertée par le bruit du moteur.

— On est arrivés il y a un quart d'heure, dit-elle. François est allé se reposer. Viens, je vais te montrer ta chambre.

Elle se dirigea rapidement vers l'escalier.

— C'est au deuxième.

— Tiffany n'a pas pu venir ? demandai-je en attaquant les premières marches.

— Non, la pauvre. Elle part demain. François lui a demandé de briquer l'écurie et de tout ranger.

— Demain ? Elle s'en va ?

J'accusai le coup mais j'essayai de n'en rien montrer.

— Oui, elle part demain matin. Elle a beaucoup de rendez-vous, pour Litote.

— Des rendez-vous ?

— Elle ne t'a rien dit ? Eh bien, figure-toi qu'elle veut la faire pouliner.

— Ah.

— Ça fait six mois qu'elle y réfléchit. Elle a contacté des petits propriétaires, lui a trouvé des prétendants. C'est assez cocasse. Elle a constitué un dossier avec des photos, des renseignements qu'elle a pris.

Tout en parlant, Elisabeth gravissait les marches de plus en plus vite, me forçant à accélérer le pas.

— C'est curieux, dis-je.

— Oui. Et maintenant elles partent en tournée, dans le camion.

L'escalier était raide.

— Elle veut connaître les chevaux *de visu*, sentir si ça peut fonctionner. Leur présenter la jument. Litote est très sensible, ça ne collera pas avec le premier venu.

— Bien sûr.

— Il faut aussi que les propriétaires plaisent à Tiffany. C'est compliqué.

— Elle part pour longtemps ?

— Je ne sais pas. En fait, ça dépend du résultat.

— Ah. François est d'accord ?

— Oui. Mais il ne s'attendait pas à avoir un AVC une semaine avant.

— Ça s'est bien passé, à l'hôpital ?

— Je crois. On aura les résultats demain.

Nous atteignîmes le palier du second étage.

— Tiens, dit-elle en ouvrant une porte. Voici ta chambre.

C'était une pièce mansardée, petite mais confortable. Je posai mon sac sur une chaise, repris mon souffle.

— Je vais dire à François que tu es là. Dans vingt minutes, ça te va ?

— Oui. Très bien.

Elle sortit de la chambre, referma la porte.

J'ouvris l'unique fenêtre, assez étroite et située en hauteur. Elle donnait sur la tour, dont les belles pierres anciennes prenaient, dans la lumière du matin, une teinte caramel.

J'avais besoin de me détendre. Je m'allongeai sur le lit, sans ôter mes chaussures.

Je regrettai d'avoir accepté l'invitation. En premier lieu, c'était une erreur du point de vue professionnel. Un journaliste ne doit pas loger chez la personne qu'il interviewe. Celle-ci risque de se trouver trop à son aise, de prendre le dessus. Les gens essayent toujours de vous mener en bateau. S'ils savent que vous dépendez d'eux, eh bien ils n'en feront qu'à leur tête, vous aurez le plus grand mal à leur faire dire quelque chose d'authentique.

Et puis, le départ de Tiffany me contrariait. Il fallait l'admettre : j'avais commencé à compter sur elle. Fini les trajets en camion avec Litote derrière nous, promenant sur la cabine son regard calme, à travers la lunette intérieure.

Je n'en revenais pas. Je vivais un moment crucial, l'un de ces moments où tout ce qui a compté se rejoint, où l'on a l'opportunité de dénouer les fils de sa vie, de les retisser, de recomposer une trame. C'était une chance extraordinaire, un concours de circonstances comme il ne s'en produit jamais. Et moi, j'étais triste à cause du départ d'une fille de dix-huit ans, d'une lad qui mesurait un mètre cinquante et pesait quarante kilos, qui conduisait un camion avec un pneu dans le dos, qui ne possédait certainement pas une grande culture, qui n'avait aucune relation, qui n'était même pas jolie, dont la vie ne correspondait pas à la mienne. Une fille dont les meilleurs amis s'appelaient Litote, Bon-qu'à-ça et Maldoror.

Je regardai ma montre. Dans cinq minutes, il faudrait descendre. Je fermai les yeux, comme pour prolonger le temps qu'il me restait, l'étirer au maximum.

Je les imaginai toutes les deux, roulant sur les routes grandes et petites, engagées dans cette invraisemblable tournée nuptiale qui les conduirait d'élevage en élevage, d'écurie en écurie, d'étalon en étalon. Une aventure saugrenue, presque absurde. Tentées, chaque jour, de continuer la route, d'aller toujours plus loin, d'avaler encore plus de kilomètres, de rajouter une étape à leur périple. Dormant côte à côte dans le camion. Mêlant leurs souffles, fille et cheval. Se réveillant à l'aube, quand les premiers rayons de soleil pointaient à travers la lucarne. Écoutant les oiseaux. Grignotant des biscuits avant de se dégourdir les jambes (j'avais remarqué, posé sur le tableau de bord, un gros paquet de Bastogne à la cannelle).

Ensemble, elles assistaient au lever du jour... Elles aimaient plus que tout ce moment d'intimité avec la nature, quand l'univers tout entier semble vous murmurer à l'oreille. Et, certains matins, Tiffany grimpait sur le dos de Litote, à cru, en s'aidant du marchepied de la cabine, et elles s'éloignaient sur des chemins qu'elles ne connaissaient pas, gravissaient une colline comme pour se rapprocher du ciel.

Les cinq minutes étaient passées. Je glissai une cassette vierge dans l'enregistreur, le plaçai dans la sacoche entrouverte, puis me rafraîchis le visage avant de descendre.

Rongières était assis dans la pénombre, à la même place que la veille.

D'un mouvement de main rapide, économe, comme un Premier ministre pressé recevant un conseiller entre deux rendez-vous plus importants, il m'offrit le fauteuil trop bas que j'avais déjà occupé.

Je craignais qu'il soit anxieux, affaibli par les examens et la nuit passée à l'hôpital.

Au contraire, il paraissait bien réveillé, plus mordant qu'au cours du premier entretien. Je l'interrogeai à propos des concours d'attelage. C'est une discipline mal connue du grand public, dis-je, qui mérite qu'on s'y attarde. D'emblée, il ne donna pas d'importance à l'apparat, aux tenues, mais plutôt à l'art de la conduite, à la complexité du harnachement et à l'usage savant des guides. Je reconnus là son goût pour la technique, les véhicules. Il présenta la conduite d'un attelage comme le geste de pilotage le plus subtil et le plus exigeant que l'on puisse concevoir.

— On croit qu'il suffit de s'asseoir et d'agiter les guides mais ce n'est absolument pas le cas. Il faut énormément de doigté, d'expérience. Vous n'imaginez pas les situations dans lesquelles on se trouve embarqué. Faire tourner une calèche sur un chemin étroit, il y a de quoi devenir fou. Le long d'un mur, vous imaginez. Il faut tout calculer, au centimètre près. Le compas dans l'œil… Et connaître ses chevaux. Un bon conducteur ne doit jamais mettre pied à terre.

— L'apparence compte aussi, avançai-je. Certaines voitures sont des pièces de collection (j'avais vu des photos sur Internet).

— Ne vous laissez pas distraire par ça. L'important, c'est la conduite. Le mérite est encore plus grand quand la voiture est ancienne.

— Vous participez à des concours…

— C'est un prétexte, ça ne compte pas. Les concours et les remises de prix n'ont jamais compté pour moi. Ça ou le Nobel, vous savez…

Tiens. Il avait exigé de ne pas parler du milieu littéraire et voilà qu'il introduisait le Nobel. Une quinzaine d'années plus tôt, il avait figuré sur des listes d'écrivains « nobélisables ». Mais le temps avait passé, Le Clézio et Modiano l'avaient devancé, il n'en avait plus été question.

— Vous êtes passé tout près, lançai-je un peu hypocritement, agitant un chiffon rouge dans l'espoir de le faire réagir.

— On a raconté ça. Personnellement, je n'y ai jamais cru. Et puis, cela m'est égal. Le but de ces choses-là, vous savez, c'est de faire du bruit, le plus de bruit et d'agitation possibles. Pour un écrivain authentique, le Nobel n'est qu'une perte de temps.

— Vous pensez à tout ce qui suit l'attribution ? Aux invitations, aux voyages ?

— Voilà. Qu'ils donnent cela à des écrivains fatigués, qui n'ont plus rien à écrire. Ça leur fera une retraite amusante. Moi, ce n'était pas mon cas, j'avais une œuvre à terminer.

À ma connaissance, il n'avait jamais refusé les prix qu'on lui avait accordés. Il n'était pas humble, je m'en étais déjà aperçu. Une œuvre à terminer… Sa contribution à la geste culturelle de l'humanité. Comme beaucoup de créateurs reconnus, il se prenait pour un élu.

Soudain, j'eus envie de tout lui dire. Il ne fallait pas. Mais ça me tentait. C'était même diablement tentant. Savait-il que j'avais joué un rôle dans sa vie ? Un rôle non négligeable, qu'il était probablement loin de soupçonner. S'il n'était pas seul, aujourd'hui, c'était grâce à moi. S'il y avait quelqu'un pour prendre le volant de sa voiture et le conduire à l'hôpital, c'était à moi qu'il le devait. Moi, le petit journaliste assis sur un fauteuil inconfortable, griffonnant des notes sur ses genoux.

Elisabeth, avais-je envie de lui dire, c'est moi qui lui ai parlé de vous pour la première fois. Figurez-vous qu'elle ignorait votre existence. Ça vous étonne ? Elle ne lisait que les classiques, à l'époque, en première année de Lettres à la Sorbonne. Les classiques du dix-neuvième et, pour le reste, François Mauriac, Bernanos, Stefan Zweig, dans les vieux Livres de Poche à tranche colorée et couverture dessinée qu'elle piochait dans la bibliothèque de sa mère. C'est moi qui lisais vos livres (mourais-je d'envie de lui dire), moi qui les achetais dans les vraies librairies, au prix fort. Je n'avais pas la patience d'attendre qu'ils soient soldés, ou disponibles en prêt. Je voulais qu'ils soient à moi. Je les voulais neufs, impeccables, sentant l'encre et le papier frais. Je les achetais le jour de leur parution, à l'ouverture de la librairie, à dix heures tapantes, je les lisais fiévreusement et les rangeais dans ma chambre sur une étagère en contreplaqué, toute votre œuvre alignée contre le mur de ma chambre d'étudiant, par ordre chronologique, voilà ce que je faisais en ce temps-là. Des gens comme moi vous faisaient vivre, avais-je envie de lui dire. Oui, cela me démangeait… Ce manoir, vous l'avez acheté grâce à moi. Vous devriez me remercier.

Il continuait sur le thème du Nobel, se laissait emporter par le Nobel. Bien sûr, il savait que ce n'était pas le sujet de l'entretien. Mais la tentation était trop grande, il avait mis le doigt dans l'engrenage, le piège de la vanité se refermait sur lui. De la vanité et du ressentiment, qui marchent ensemble.

Il s'abandonnait à ses propres phrases, à la griserie de ses explications : pendant un quart d'heure, il parla du Nobel comme s'il avait partie liée avec lui. À l'entendre, l'Académie suédoise bouillait d'envie de le lui accorder, l'année où il avait failli l'avoir, seules des cabales l'en avaient empêchée. Le gouvernement sud-africain s'en était mêlé. Même Nelson Mandela, qui jouissait d'un immense prestige, était intervenu auprès des académiciens. C'est, finalement, Coetzee qui l'avait eu. Pas un mauvais écrivain, d'ailleurs, reconnaissait-il, mais la question n'était pas là.

— La critique française vous a soutenu, avançai-je, persuadé qu'il en avait été ainsi.

— Détrompez-vous. Ils ont toujours été contre moi. J'ai dû me bagarrer, toujours. À chacun de mes livres, je me suis empoigné avec la critique. Maintenant, je ne me bats plus. Tout ça m'indiffère, voyez-vous. Je refuse les interviews. C'est le privilège de l'âge. Sauf celle-ci, évidemment, vous avez de la chance. Le mois dernier, j'en ai refusé deux.

On frappa à la porte. Il se redressa.

— Oui ? lança-t-il d'une voix ferme.

Elisabeth apparut dans l'encadrement de la porte. Je remarquai qu'elle avait changé de tenue, elle portait à présent une jolie robe dans les tons jaunes et bruns. Il me sembla qu'elle s'était maquillée.

— Il faut qu'on y aille, François.

— Ah, c'est vrai. J'avais oublié.

Il me tendit la main en restant assis, esquissant un sourire mais ne me fixant pas des yeux (on aurait dit que ses regards peinaient à se lever vers moi, qu'ils préféraient ramper près du sol, fouiller l'espace compris entre les tapis et le dessous des meubles, comme s'ils y cherchaient quelque chose, un objet tombé de sa poche quelques années auparavant, qu'il n'aurait pas réussi à retrouver).

— Eh bien voilà, conclut-il. On se voit demain, à la même heure ?

— À demain.

Je me levai, tandis qu'Elisabeth s'avançait dans la pièce.

— Nous sommes invités à déjeuner chez notre voisin, expliqua-t-elle sur le ton de l'excuse. Vous connaissez Patrice de Fabergé, le producteur ?

— De nom, oui.

— Mais je vous ai préparé un repas. Tout est prêt, dans la salle à manger. Venez, je vais vous montrer.

Je la suivis. Elle avait bien fait les choses : tranches de rosbif, salade de haricots verts, pain de campagne qu'elle me conseilla de toaster (elle me montra comment fonctionnait le grille-pain de marque anglaise, datant des années cinquante mais en parfait état de marche), tarte aux abricots, bonne bouteille de vin qu'elle avait pris soin d'ouvrir, carafe d'eau.

— Je suis désolée de te laisser là, me glissa-t-elle. Ce déjeuner m'ennuie mais il est prévu de longue date.

— Ne t'en fais pas.

Elle me prit la main.

— On se voit plus tard ?

— Bien sûr, dis-je.

Elle déposa un baiser sur ma joue avant de s'éloigner.

Le repas fini, je nettoyai la vaisselle et la posai sur l'égouttoir. J'aurais pu tout laisser dans l'évier, ou même sur la table, je ne crois pas qu'Elisabeth m'en aurait fait le reproche. Mais je ne voulais pas me relâcher, donner l'impression de prendre mes aises. J'étais irrité.

À première vue, pourtant, la situation était loin d'être désagréable. Le déjeuner était bon, le vin excellent (du Château Beychevelle, rien que ça). J'avais une chambre confortable et la maison pour moi, il faisait beau, je pouvais me promener dans la propriété ou m'installer dehors, sur une chaise longue, feuilleter un livre ou un magazine (il y en avait à profusion sur la table basse du salon). Mettre au propre l'entretien du matin, sur mon ordinateur. Mais je n'avais envie de rien.

J'essayai d'analyser la situation.

En allant déjeuner chez leur voisin, ce Fabergé qui semblait devenu le fil conducteur de notre rencontre, ils m'avaient mis en situation de les *attendre*. J'étais chez eux, un peu désœuvré, assigné à résidence dans une maison isolée. Je n'avais pas de voiture. Rien d'épouvantable, en vérité. Mais ils n'étaient pas là et je les attendais.

En fin de compte, pensai-je, il en avait toujours été ainsi. Pendant des semaines, j'avais attendu la réponse de Rongières aux lettres que j'avais confectionnées, dont j'avais mûri chaque phrase, pesé chaque mot, que j'avais déchirées et réécrites plusieurs fois parce qu'un alignement, la boucle d'un f ou d'un l, la majuscule de ma signature ne me convenaient pas. J'avais guetté le passage du facteur, couru deux fois par jour dans le hall de mon immeuble pour ouvrir ma boîte aux lettres. J'avais fait preuve de patience. Mais j'avais vu mon espoir s'éteindre, agoniser devant moi comme un poisson échoué sur la terre ferme.

Et puis, j'avais attendu Elisabeth, ses coups de fil distribués au compte-gouttes, de plus en plus espacés. Ses baisers qui ne venaient pas. Son retour de New York reporté.

Et voici qu'à nouveau je les attendais.

Bien sûr, la situation n'était pas comparable. Rongières avait vieilli, perdu de sa superbe. Sa stratégie orgueilleuse, son refus du système ne payaient plus. Il s'en rendait compte. Cet entretien lui offrait un ballon d'oxygène. Les chevaux servaient de prétexte. Il pouvait se dire : j'accorde cet entretien par amour des chevaux. Mais la cause qui le préoccupait réellement, c'était la sienne.

Batet avait vu juste. Nous lui donnions l'occasion de faire parler de lui, l'air de ne pas y toucher. En faisant un pas de côté. Nos intérêts se rejoignaient.

La vérité, c'est qu'il s'était enfermé dans sa solitude et sa soi-disant exigence et qu'il s'y trouvait, maintenant, affreusement à l'étroit.

Toute sa vie, il avait fait ce qui l'arrangeait. À trente ans, il acceptait les invitations à « Apostrophes » et toutes les interviews qu'on lui proposait. Il voyageait en première classe, invité par ses éditeurs étrangers. On le réclamait à Berlin, à Rome, à Madrid. On l'accueillait dans les grandes librairies, dans les Instituts français. C'était une époque faste. D'ailleurs, dans l'ensemble, c'était une belle époque pour les auteurs de littérature, même des livres réputés difficiles se vendaient. Il avait joui de son succès, puis, un jour, il s'était retiré du jeu. Il était monté au sommet de sa tour d'ivoire et avait adressé un bras d'honneur à la société. C'était un peu facile. Il aurait été plus courageux de faire le contraire : refuser à trente ans les invitations, n'accorder aucune interview, s'éclipser. Et réapparaître à soixante. Mais, bien sûr, c'était impossible. Pour disparaître il faut d'abord être apparu, prendre ses distances avec le monde est un privilège de nanti. S'éloigner lorsqu'on a un fragile renom, une notoriété en herbe, est un acte social absurde et, pour tout dire, suicidaire.

Je m'assis sur une chaise longue, devant la maison, et appuyai sur le bouton play de l'enregistreur. J'écoutai sa voix. Elle était restée belle, avec une note un peu ancienne. Une voix radiophonique, qui faisait merveille à France Culture, autrefois. C'était un atout considérable.

Son apparence physique l'avait également servi. Il avait un visage expressif, qui évoquait la passion, la quête d'un idéal. Le regard gris, la chevelure abondante, une mèche qui retombait sur son front. Il était mince, assez grand, s'habillait de couleurs sombres. La télévision l'invitait à chaque nouvelle parution, c'est-à-dire au moins une fois par an. Il publiait beaucoup, en ce temps-là.

Après leur retour en France, je rendais visite à mes parents, le week-end. On regardait « Bouillon de culture » en famille, le vendredi soir. Plusieurs fois, nous l'avions écouté. Ma mère l'aimait bien, mon père était plus circonspect. Il le trouvait un peu poseur. Ils ne savaient pas que j'achetais tous ses livres, que j'étais devenu un inconditionnel. Je feignais l'indifférence. J'avais toujours dissimulé mes engouements, mes plaisirs. Une amie m'avait dit que j'étais trop lisse. Elle n'avait pas tort. En fait, j'étais l'opposé de Rongières. Il était intense, innervé, râpeux. Chaque fois qu'il participait à une émission, il offrait au public son intensité.

Il l'exhibait, la donnait en partage. Et ça marchait, les gens en redemandaient.

J'ouvris mon carnet et empilai quelques mots :

15 octobre 2019
Deuxième jour
Tout va bien
Rien ne va
Enfermement
La prison du passé
Garder la tête froide
Respirer.

Je sursautai : la grille d'entrée venait de se refermer. Je ne voyais pas la Volvo mais, quelques secondes plus tard, j'entendis le bruit des roues sur le chemin de terre.

J'éteignis l'enregistreur, l'enfouis dans ma parka. La voiture se rapprochait, dans quelques secondes elle surgirait au tournant de l'allée. Je me levai, marchai vers la maison. J'avais besoin d'être seul. Je me dépêchai de monter dans ma chambre. Depuis le palier du premier étage, je les aperçus qui se garaient. Les portières claquèrent presque en même temps.

Il y eut des pas dans l'escalier. Elisabeth (ça ne pouvait être qu'elle) entra dans la chambre en dessous de la mienne.

Sans doute allait-elle faire une sieste. La maison s'engourdirait, plongerait dans une torpeur bienvenue, je serais tranquille pour un moment.

Mais le répit fut de courte durée. À nouveau, j'entendis des pas dans l'escalier, plus sonores que les précédents. Elle montait au deuxième étage. Peut-être venait-elle y prendre quelque chose, du linge de maison, une couverture.

— Philippe ?

Je laissai passer quelques secondes.

— Je suis là.

— Je peux entrer ?

Je jetai un coup d'œil autour de moi. Je venais à peine de m'installer, il n'y avait pas de désordre, je n'avais rien commis de répréhensible.

— Oui.

Elle entra et, sans me demander la permission, s'allongea sur le lit (c'était un lit double mais relativement étroit, assorti aux dimensions de la chambre).

— Ouf, souffla-t-elle, j'ai trop mangé. C'est toujours comme ça chez lui. Il a un cuisinier, alors forcément…

— Ah.

Que pouvais-je ajouter ? Aurais-je dû exprimer une forme de surprise ? D'admiration ?

— Tu sais qu'on a parlé de toi ? J'ignore pourquoi mais ta présence a l'air de l'intriguer.

— Ma présence ?

— Je crois que c'est à cause de *Paris-Turf*. Il aimerait te rencontrer. Je me demande s'il n'est pas un peu jaloux de François.

— Jaloux à cause de moi ?

— Oui. J'ai l'impression qu'il aimerait être interviewé, lui aussi.

— À propos de chevaux ?

— Oui, à propos de chevaux. Il en a plusieurs, tu sais, chez un entraîneur.

Elle n'avait pas tort, d'un certain point de vue : il y avait sans doute, chez lui, une pointe de jalousie. Les gens qui ont réussi adorent qu'on les mette en valeur pour d'autres motifs que ceux qui les ont fait connaître. En vérité, c'est là que réside la véritable marque du succès : quand le monde commence à s'intéresser à vos activités annexes, à vos passe-temps, à vos amours, à vos maisons, à vos œuvres d'art, à vos drames. Quand les raisons du succès passent au second plan, qu'on parvient à s'en détacher, comme une fusée spatiale se déleste de son premier étage, du grand réservoir de carburant qui lui a permis de décoller, de s'arracher à la pesanteur. La vie des hommes d'argent est, pour une large part, consacrée à cela : faire oublier celui qu'ils ont été.

— Je lui ai dit de passer demain pour l'apéritif. Tu sais, ça peut être bien pour toi de le rencontrer. Il connaît beaucoup de monde, et pas seulement à la télévision.

— Merci.

Je restai en silence quelques secondes puis répétai « merci » un peu plus fort que la première fois, en essayant d'y mettre plus de conviction, comme un acteur s'efforce de donner vie à un mot, à une réplique. Elle faisait pour moi, je m'en rendais bien compte, des efforts notables. Non seulement elle m'accueillait chez elle et organisait une série d'entretiens avec son mari mais elle se préoccupait de mon avenir, de ma carrière, cherchait à me procurer de précieuses relations. Je n'ai jamais été très doué pour les remerciements.

Soudain, elle saisit ma main. Je la laissai faire.

Nous restâmes allongés côte à côte, les yeux rivés au plafond, immobiles. Je pourrais être heureux, pensai-je. Je devrais l'être. Je le suis peut-être, qui sait, sans le savoir.

Elle attendit un moment puis, roulant sur elle-même, elle vint se blottir contre moi. J'étais toujours allongé sur le dos, dans la même position. Elle entreprit de me caresser le torse, du bout des doigts.

Voilà, pensai-je, nous y sommes.

— Et François ? demandai-je.

— Ne t'inquiète pas. Il fait la sieste dans la bibliothèque. De toute façon il ne monte jamais ici. Et puis on l'entendrait, dans l'escalier.

— Tu es sûre ?

— Évidemment. Arrête.

Son assurance me fit sourire. Je retrouvais l'Elisabeth d'autrefois, vive et déterminée, celle qui n'hésitait jamais longtemps, qui prenait les devants, qui refusait de s'asseoir dans les cafés d'étudiants et m'avait entraîné sur son territoire, le jour de notre rencontre.

Elle entreprit de déboutonner ma chemise.

— Tu l'as connu au Salon du livre ?

Ma question n'eut pas l'air de la surprendre.

— François ? Oui.

— Il signait ?

— Le roman qui se passe à Venise.

— Tu étais seule ?

— Oui. Je revenais des États-Unis. J'avais divorcé six mois plus tôt et je redécouvrais la France. Je n'étais jamais allée au Salon du livre et je me suis dit que ça pouvait être amusant. Une sorte de rituel collectif, de pèlerinage, quelque chose d'assez français. J'étais curieuse.

Je caressai son épaule, l'encourageai à continuer.

— Je l'ai reconnu, assis derrière une table, et j'ai pensé à toi. Ton grand écrivain… Je me suis approchée. Il avait signé un exemplaire et l'acheteur venait de partir. Il est resté seul un moment, derrière sa pile. Je me suis dit que ça ne devait pas être tellement drôle pour lui, j'étais surprise qu'il n'ait pas plus d'admirateurs, tout de même c'était un auteur très connu. J'avais vu dans les allées du Salon des files d'attente pour des auteurs dont je n'avais jamais entendu parler, des jeunes gens qui n'avaient même pas une tête d'écrivain, qui ressemblaient à monsieur ou à mademoiselle tout le monde. Cela dit, il était très bien placé, le stand en imposait. Je lui ai fait signer un exemplaire. On a un peu parlé. On était tranquilles, personne n'attendait derrière moi. Il m'a posé des questions, m'a demandé quel métier je faisais, je lui ai dit que je revenais de New York où j'avais travaillé dans une galerie d'art, puis dans une agence immobilière. Rien de très passionnant même si, bien sûr, New York fait rêver. Souvent, les gens se demandent comment on peut y vivre en étant quelqu'un de normal, pas un acteur ou un avocat d'affaires, ils sont toujours surpris quand on leur dit qu'on a vécu là-bas.

— C'est vrai.

J'ai touché ses cheveux. Elle semblait contente de parler, de s'abandonner à la confidence.

— La conversation était agréable, a-t-elle poursuivi. Je me sentais bien. J'avais l'impression que nous étions lui et moi dans une bulle avec tout le Salon bruissant et fourmillant autour de nous, un bruit de fond qui ne me dérangeait pas, il m'écoutait attentivement et me faisait parler, je lui ai dit que j'avais fait des études de Lettres à la Sorbonne et que j'avais un ami qui était fou de ses livres, il a fait semblant d'être étonné et ensuite il m'a posé des questions assez personnelles, on aurait dit qu'il s'intéressait vraiment à moi, il avait toujours ce regard intense et il m'a demandé si j'étais mariée, c'était un peu indiscret mais ça ne m'a pas gênée, et dans quel quartier de Paris j'habitais, et puis à ce moment-là quelqu'un est venu nous interrompre, un jeune homme qui travaillait sur le stand et qui lui a apporté un exemplaire à signer et ça a un peu cassé l'ambiance. Je ne voulais pas être de trop alors je l'ai remercié et je suis partie en me disant que, peut-être, je lui enverrais un mot à l'adresse de son éditeur après avoir lu son livre, je savais que les éditeurs faisaient suivre le courrier.

— Et tu l'as fait ? Tu lui as écrit ?

J'ai pensé : elle lui a écrit et il lui a répondu, évidemment. Il a préféré répondre à une jolie fille rencontrée sur un stand plutôt qu'à un pauvre garçon qui achetait tous ses livres et les alignait sur une étagère dans sa chambre d'étudiant.

— En fait, non. Je vais te raconter, c'est assez drôle. Eh bien, je quittais le Salon et il pleuvait, heureusement j'avais apporté mon parapluie, tu me connais je suis prévoyante, je montais la petite côte en direction de la porte de Versailles et soudain j'ai entendu une voix derrière moi. Une voix un peu traînante, qu'il me semblait avoir déjà entendue.

« Bonsoir… »

Je me suis retournée. C'était lui, trottinant pour me rejoindre. Il portait un beau trench à ceinture mais rien sur la tête, pas de chapeau, et il pleuvait assez fort.

« Vous me faites une place ? »

Évidemment, j'ai décalé mon parapluie pour qu'il puisse s'abriter. Il ne m'a pas pris le bras mais il s'est tout de même serré contre moi et nous avons marché ainsi jusqu'au métro, avec énergie, comme si nous nous serrions les coudes pour affronter les éléments, la pluie qui redoublait, les rafales de vent sur le boulevard des Maréchaux, et arrivés devant l'escalier du métro il m'a proposé de prendre un verre dans le café juste à côté, à l'angle de la rue de Vaugirard. Il y avait beaucoup de monde à l'intérieur et de la buée sur les vitres. On s'est frayé un chemin jusqu'au comptoir et on a commandé deux bières.

— Il t'avait suivie, en sortant du Salon ?

— Je ne crois pas. Enfin, je ne sais pas. Je n'ai jamais osé lui demander. En tout cas il était là, non seulement je l'avais rencontré mais j'étais en face de lui, debout, dans un café bondé où les gens fumaient, la conversation était électrique, nous étions tous les deux excités par la rencontre et je buvais la meilleure bière de ma vie.

— Et après ?

— Ensuite, eh bien figure-toi qu'il m'a proposé d'aller à l'hôtel.

— À l'hôtel ?

— Oui, il a proposé ça brusquement. C'était diabolique. Je veux dire… Incroyablement précis. J'ai eu l'impression qu'il avait choisi le moment parfait, le moment où j'étais incapable de dire non, ni trop tôt ni trop tard, comme s'il avait décoché une flèche et touché le centre de la cible.

— Je vois.

— Ça ne te gêne pas que je te raconte tout ça ?

— Continue.

— On est montés dans un taxi. Il a donné l'adresse. C'était le Lutetia, dans le sixième. Je reconnais que ça m'a impressionnée. Et puis je n'avais jamais fait ça, suivre un homme dans un hôtel. Je ne l'ai pas regretté : tout s'est très bien passé. Une nuit extraordinaire. On a même un peu dormi, à l'aube ! On s'est revus deux jours après. Au bout d'une semaine, il m'a proposé de venir habiter chez lui, boulevard de Port-Royal. Voilà comment ça a commencé. Je me suis mise à lire ses derniers livres, consciencieusement. Je n'aimais pas tout, je réfléchissais à ce que j'allais lui dire. Il était plus fragile, moins sûr de lui que je n'avais cru.

— Je comprends.

— Et puis, il y a une chose qui m'a énormément touchée. Très vite, il m'a fait lire ses manuscrits. Il en avait deux, presque terminés. Un roman de cinq cents pages auquel il travaillait depuis des années et un texte sur la vie du Greco. Il écoutait mes conseils, sans me contredire. Je n'en revenais pas. Un écrivain célèbre... Eh bien, il a retravaillé les deux textes en tenant compte de ce que je lui avais dit !

Tout en continuant à parler, toujours à voix basse, elle avait entrepris de me caresser avec plus d'insistance, sa main magnifique descendait des épaules vers mon ventre en traçant de petits cercles…

Au fond, son récit ne me surprenait pas. Je retrouvais, chez Rongières, cette assurance et cet élan que j'avais toujours admirés, parfois dans son écriture mais, plus encore, quand je le voyais à la télévision. Cette assurance et cet élan qui, moi, m'avaient toujours fait défaut. Pourquoi sommes-nous si complètement dépourvus des qualités que la vie a prodiguées à d'autres ? La question m'a toujours taraudé. Comment faire lorsqu'on est piètrement armé, et qu'on a l'impudence de ne pas renoncer à tout ?

Un portable sonna. Je n'avais pas remarqué qu'en entrant elle avait déposé son appareil sur la petite console en acajou, à gauche de la porte.

« Je suis dans ma chambre. Oui, je descends. Laisse-moi vingt minutes. »

— C'est François, murmura-t-elle en se serrant contre moi.

— Il veut te voir ?

— Oui. Il a un problème avec l'ordinateur. En ce moment, il a toujours besoin de moi.

— Depuis l'accident ?

— C'est pire qu'avant. Mais ça a commencé il y a un bon bout de temps. Il est en colère contre son éditeur, qui ne le défend pas, dit-il. Il se plaint beaucoup.

Difficile de vieillir. Certains jours je me demande s'il n'aurait pas dû mourir plus tôt.

La suggestion était assez brutale.

— Je ne devrais pas dire ça, je sais. Mais c'est dur d'assister à son propre déclin.

— Il a encore un nom connu. On le cite souvent.

— C'est vrai. Mais ses ventes ont beaucoup baissé. Plusieurs titres ne sont pas réédités, on ne les trouve plus qu'en occasion. Il dit qu'on commence à l'oublier. Ça l'obsède.

Je pensai : moi, je n'aurai jamais ce problème. On m'a toujours oublié. Je pourrais lui en apprendre, dans ce domaine, lui donner des cours particuliers…

Il nous restait vingt minutes. La main d'Elisabeth continuait d'avancer. Sa main splendide et précise, que j'avais toujours admirée, ce chef-d'œuvre anatomique, la partie de son corps à laquelle j'avais pensé le plus souvent pendant toutes ces années, qui m'avait le plus manqué. Sa main saisit le bas de sa robe et la remonta (la robe qu'elle portait au cours du déjeuner).

Vingt minutes plus tard, elle se leva et fila dans l'escalier.

Après son départ je restai allongé, immobile. J'avais une longue après-midi devant moi.

Je pensai à Rongières.

Si j'arrivais à lui arracher quelques propos sulfureux, un avis tranché sur la société littéraire, sur l'édition, sur la politique culturelle, nul doute que cela attirerait l'attention. Le propos serait repris. Si j'arrivais à lui faire dire du mal de quelqu'un… Ou du bien d'un personnage controversé. Mon éditeur serait content. Une petite phrase qui serait retenue. Une petite phrase cinglante suffirait (comme quelques notes suffisent pour composer un tube).

Mais l'essentiel n'était pas là. L'essentiel, c'était qu'Elisabeth et moi nous avions fait l'amour. Je répétai mentalement ces mots cinq ou six fois, comme une incantation, sans qu'ils produisent l'effet escompté. Étais-je devenu insensible ? Je ne retrouvais pas l'ancienne émotion. Les cloches du bonheur ne résonnaient plus dans ma poitrine.

J'aurais pu me réjouir du mauvais tour que je faisais à Rongières. Mais, là non plus, je sentais que ça ne prenait pas. Il était ailleurs. Aspiré par son inquiétude, par son combat contre l'oubli. Elisabeth, j'en avais l'intuition, commençait à lui être indifférente. J'arrivais trop tard. Elle lui était devenue indifférente en même temps qu'indispensable. Il ne pouvait plus s'en passer, c'était évident, sans elle il aurait été incapable de vivre dans cette grande maison isolée. Elle le conduisait en voiture, veillait sur lui, répondait aux appels, s'occupait de tout. Et, en même temps, elle s'estompait. Il ne la voyait plus, ne la désirait plus. Que désirait-il encore ?

Je croyais connaître la réponse : sa gloire perdue. L'intérêt qu'il suscitait, jadis. Les regards tournés vers lui. Les invitations qu'il refusait mais qu'il était heureux de recevoir. L'époque du Nobel, quand il figurait sur les listes de prétendants, établies par les journaux. Le temps avait balayé tout cela. L'attribution du prix à Le Clézio, en 2008, avait été le jour le plus morne de sa vie. Et puis, quelques années plus tard, il avait recommencé à espérer. Il s'était interdit d'espérer, il trouvait cela ridicule, il n'en parlait à personne, n'en laissait rien paraître, mais il espérait quand même, c'était plus fort que lui. En accordant le prix à Modiano, en 2014, l'Académie suédoise lui avait définitivement tourné le dos. C'est à partir de cette époque qu'il avait vu sa notoriété s'effilocher. Tout s'était racorni, desséché. Par chance, il lui restait Elisabeth. Elle demeurait là, fidèle, attentive. Elle le portait à bout de bras. Mais il ne la voyait plus. Il n'était plus capable de jalousie (en vérité, il ne l'avait jamais été). Je ne pouvais pas le blesser. Je ne pouvais pas lui faire payer, en devenant l'amant de sa femme, son indifférence passée. Mes lettres restées sans réponse ne seraient pas vengées.

Elle m'avait parlé d'un petit lac, aux confins de la propriété. J'avais eu l'idée d'en faire le tour. Je rentrerais à la tombée du jour, me ferais couler un bain (c'était l'occasion, je n'avais pas de baignoire chez moi) et retrouverais le couple pour dîner. Voilà le programme que je m'étais fixé. Mais, en début d'après-midi, elle m'annonça que le dîner à trois était reporté. Rongières voulait passer la soirée dans la tour, au plus près de ses livres et de ses papiers, et réclamait sa présence. Il supportait de moins en moins la solitude (fâcheux travers pour un écrivain). Bien entendu, elle me laisserait un dîner dans la salle à manger. Je pouvais disposer du salon à ma guise, regarder la télévision ou utiliser la wi-fi. Elle passerait me voir dans la soirée, dès qu'elle pourrait s'échapper. « Il t'attend à onze heures, ajouta-t-elle. Je crois qu'il a des révélations à te faire. »

Des révélations… Le graal du journaliste. Je devais me tenir prêt. Éviter les faux pas, ne rien faire qui puisse l'indisposer. L'interviewé est un mollusque récalcitrant. Il est sensible au bruit, à la température, aux vibrations. Il se referme en un clin d'oeil. Même un journaliste sportif sait cela, et peut-être le sait-il mieux que d'autres.

L'envie de faire le tour du lac m'avait quitté. Je n'avais pas éprouvé cette sensation depuis longtemps (une sensation qui, sans être agréable, n'était pas non plus douloureuse) : j'avais l'impression d'être éteint, débranché. Je n'avais pas la moindre intention de bouger.

Les heures passèrent. Par l'étroite fenêtre, je regardais la lumière décliner. Plus on vieillit, plus la nuit gagne en vitesse, en dextérité. Elle se glisse partout, a l'art de faire disparaître les êtres et les objets, comme une illusionniste.

J'étais un adulte d'âge moyen mais je pressentais, déjà, la grande contraction qui se préparait. Ma jeunesse s'éloignait sur la pointe des pieds. Bientôt, je serais un homme mûr. J'étais sur le point de basculer, de passer sur l'autre versant. Il s'annonçait bien plus redoutable, plus glissant que celui que je connaissais : cette fois, la pente serait descendante.

Une journée passée laisse un dépôt de souvenirs, une somme d'événements minuscules. Avec le temps l'agrégat diminue et bientôt il ne reste plus rien. À partir d'un certain âge, rien ne surprend. Plus rien ne *marque*. Les journées sont dépourvues d'arêtes, d'aspérités. La mémoire ne trouve aucune prise, elle glisse sur une surface nue comme sur un toboggan.

La lumière rasante se faufilait dans la pièce, y peignait des taches dorées. J'étais allongé sur le lit. Une sorte de gisant, assistant à sa lente pétrification. Et dire que j'avais fait l'amour, quelques heures plus tôt !

Je m'abandonnais, une fois de plus, à la pensée du temps qui passe. C'est une songerie morbide et doucereuse, à laquelle s'attache une jouissance un peu coupable, comme une plante parasite s'accroche à un mur trop humide et ombragé.

Toute ma vie, j'avais observé les autres. J'étais resté spectateur. Je n'étais jamais monté dans un wagon. J'avais salué, depuis le quai, ceux et celles qui se mettaient à la fenêtre. Je les avais regardés s'éloigner, disparaître dans le lointain.

Je pensai à Rongières, à Fabergé, à mon éditeur. Très tôt, ces hommes-là avaient pris les devants, comme on dit. À vingt ans, ils étaient montés dans un train. Leur train s'appelait littérature, édition, télévision… Il existe des trains de toutes sortes. En usant de toute leur énergie, de leur intelligence, de leur séduction, ils s'étaient emparés des meilleures places, des positions privilégiées. Ensuite, ils avaient allongé le bras et saisi ce qui se trouvait à leur portée. Ils n'avaient pas desserré les doigts.

La nuit tombait. Aurais-je la force de m'habiller, de descendre les escaliers ? Un repas m'attendait dans la salle à manger. Elisabeth avait certainement bien fait les choses. Je donnai l'ordre à mon corps de se lever. Il n'obtempéra pas. Je réitérai l'ordre, avec un peu plus d'insistance, un début d'impatience. Rien. J'allais devoir m'y prendre autrement. Je me sentais affreusement lourd, ma volonté était enrayée.

Soudain, j'entendis un bruit.

Un bruit reconnaissable entre mille : des sabots ferrés sur des pavés. Un cheval qu'on sortait dans la cour. Qui se laissait conduire (on n'impose rien à un cheval, l'obéissance est une comédie à laquelle il se prête).

Les fers faisaient un bruit de claquettes. Le bruit montait, résonnait. Comme j'aimais l'entendre…

Ces pas signifiaient : « Tout recommence. » Ou bien : « Le monde est immensément vieux et, à cause de cela, il renaît chaque jour. Chaque matin, le monde refait surface, vibre d'une éternelle jeunesse. Il faut qu'il soit infiniment vieux, il faut qu'il plonge, chaque nuit, dans la nuit primitive, dans la nuit des temps, qu'il roule jusqu'aux tréfonds de l'univers pour pouvoir renaître le lendemain, paré de la plus étincelante jeunesse. »

Subitement, je me levai. J'allai vers le lavabo, me rafraîchis le visage, enfilai un pull-over. L'escalier était sombre mais je m'abstins d'allumer l'interrupteur.

Je contournai l'aile droite de la maison. Les couleurs du ciel étaient plus vives qu'il n'y paraissait à l'intérieur.

Litote se tenait là, sans le moindre enrênement. Je restai à distance. Je ne voulais pas la surprendre, provoquer de réaction incontrôlée. Elle était tournée vers le soleil. Le disque rouge descendait si vite qu'on pouvait presque le voir glisser, tomber, dans quelques minutes il atteindrait le bord de la colline, s'enfoncerait en elle. Elle observait le phénomène. Et Tiffany ? Je me demandai si la jument était sortie toute seule de l'écurie, de son propre chef.

Soudain, elle tourna la tête vers moi, me considéra pendant quelques secondes. Puis elle revint à son spectacle, replaça son long cou dans l'axe du soleil. L'instant crucial était proche. Il n'y avait plus, entre la terre et l'astre, qu'un étroit liseré de ciel.

— Venez.

C'était la voix de Tiffany. Je m'avançai à pas lents. J'aperçus alors ses fines jambes – à cause de la perspective je ne les avais pas vues, dissimulées par les antérieurs de l'animal. Elle se tenait derrière la jument, épaule contre épaule.

— Regardez.

Le soleil se posa dans un petit creux, un menu renfoncement, et il demeura là quelques instants, blotti contre la colline, comme s'il hésitait à poursuivre son chemin. On aurait dit qu'il avait choisi d'attendre un peu, de faire une pause, et qu'il en profitait pour contempler le paysage. Cela dura presque une minute. Puis il se décida à repartir, disparaissant à l'intérieur de la colline avec l'énergie et la résolution des départs, des premiers pas accomplis avec entrain, lorsqu'on reprend la route après avoir reconstitué des forces.

Tiffany s'approcha.

— Désolée, je n'ai pas pu venir ce matin.

— Je sais. On m'a dit que vous partiez demain.

— Oui. Il faut que tout soit prêt.

— C'était beau, ce soir…

— Litote adore ça. C'est son kiff. Quand c'est dégagé, on vient voir.

— Dommage que vous partiez.

Elle laissa passer quelques secondes puis prononça :

— Venez avec nous.

— Je ne peux pas. J'ai du travail.

Elle acquiesça du menton.

Je me demandai si elle avait compris, pour moi et Elisabeth. Savait-elle ce qui se tramait dans la ferme fortifiée ? J'eus l'intuition qu'elle avait tout saisi et qu'elle considérait cela avec détachement, n'en pensait ni du bien ni du mal.

— Au revoir, Tiffany. J'ai été content de faire votre connaissance.

Je lui tendis la main.

Elle me donna la sienne. J'avais cru qu'elle me gratifierait d'une poignée de main énergique, ferme, à l'opposé de sa fragile apparence, comme un contrepoint à sa faiblesse. Mais sa main était douce, elle contenait une forme de langueur et d'abandon. Je me dis qu'elle était, décidément, bien surprenante.

— À bientôt, dit-elle.

Je revins vers la maison d'un pas lent.

Avant de doubler l'angle du mur, je me retournai. Elles se tenaient l'une à côté de l'autre, le regard dans la même direction. Au-dessus de la colline noire, les derniers rayons du soleil englouti tressaient une couronne orange.

Je ne les reverrais plus, pensai-je. La vie est faite de départs, de séparations. C'est ainsi.

Sur le moment, on croit pouvoir garder le contact avec ceux qu'on a connus, aimés, ne pas dénouer les fils, mais c'est peine perdue. La présence et l'absence sont les deux éléments déterminants de l'existence, les deux grandes puissances antagoniques, les deux pôles. La présence est dotée d'une force incommensurable et l'absence, presque toujours, se révèle définitive. Lorsqu'on est confronté à une présence, tous les devoirs, tous les diplômes, tous les biens accumulés passent au second plan. Et quand cette présence est fortement aimantée, quand elle se double d'attirance ou de menace, alors elle envahit entièrement l'espace physique et mental, tout ce qu'on sait de la vie, toutes les informations enregistrées deviennent inutilisables.

Comme je le supposais, Elisabeth avait bien fait les choses : salade de gésiers, saumon fumé, toasts à réchauffer, bon bordeaux. Mais je n'avais pas faim.

Je restai un moment dans le salon, à regarder la télévision et à feuilleter distraitement des magazines. Puis je montai dans ma chambre. Avant de me coucher, je jetai un coup d'œil à mon téléphone, posé sur la table de nuit.

J'avais deux messages.

Le premier m'était adressé par mon éditeur. Sans doute était-il mécontent d'être laissé sans nouvelles. J'ouvris le sms avec appréhension.

Il paraît que vous progressez. Continuez, vous tenez le bon bout ! G.

Fabergé devait le renseigner.

C'était la première fois que nous étions, mon éditeur et moi, en contact régulier, *au jour le jour*. Jamais nous n'avions échangé de messages à propos des deux livres que j'avais publiés chez lui.

Le second provenait d'Elisabeth :

Impossible, ce soir. François veut que je l'aide à corriger sa tribune pour les pages Rebonds. Il m'a demandé de dormir ici, dans la tour. On se voit demain. Onze heures, n'oublie pas !

Je m'assis sur le lit.

Tout à l'heure, dans la chambre, j'avais remarqué quelques étagères fixées au mur, chargées de volumes. Il s'agissait d'éditions étrangères. Le nom de Rongières figurait sur toutes les couvertures. Des traductions italiennes, allemandes, anglaises, suédoises et même japonaises… Je reconnus certains titres, d'autres ne me disaient rien.

Je saisis une édition espagnole des *Maladroits*, le roman qui avait reçu le Goncourt au début des années quatre-vingt-dix. Cela s'appelait, curieusement, *Los Mancos* (Les Manchots). Au bas de la couverture, l'éditeur avait fait imprimer en lettres rouges : *500 000 ejemplares vendidos en Francia.*

J'avais dû le lire au moins trois fois. Comme ses autres ouvrages, je l'avais acheté le jour de sa parution. L'avant-dernière semaine d'août, dans un Paris encore désert, qui semblait retenir sa respiration avant le retour des estivants. J'avais suivi, je m'en souviens, ses pérégrinations dans les différentes listes de prix, jusqu'à l'annonce du Goncourt, au premier étage du restaurant Drouant, près de l'Opéra. J'avais vu les images à la télévision. Le jury était présidé par François Nourissier, qui s'était avancé au milieu des micros et avait annoncé sobrement le nom de l'auteur et le titre du roman, en précisant qu'il avait obtenu 7 voix au troisième tour de scrutin. J'avais écouté Rongières, se prêtant de bonne grâce aux questions des journalistes. Un peu distrait malgré tout, un peu ébouriffé, comme si on venait de le tirer du lit et de le mettre au courant de ce qui lui arrivait (aujourd'hui je sais qu'il n'en était rien, un événement de ce genre ne laisse aucun auteur indifférent).

Je décidai de me coucher et d'ouvrir le livre. J'étais curieux : l'ouvrage me captiverait-il, me saisirait-il comme il m'avait saisi autrefois ?

Je me brossai les dents d'assez bonne humeur, content de ce petit programme. Pour être sincère, je n'avais pas lu de roman depuis un bon moment. J'en avais lu pendant presque quarante ans, en commençant par la Bibliothèque verte, et puis doucement, insidieusement, le roman s'était éloigné de moi, ou plutôt je m'étais détaché de lui, il avait cessé de m'accompagner. D'autres lectures l'avaient remplacé, pour la plupart liées à mon activité professionnelle, à la nécessité de m'informer qui souvent ressemblait à une compulsion. C'était un deuil secret, une disparition un peu honteuse, dont les raisons demeuraient floues mais dont je pressentais l'importance, les effets à moyen terme. L'information avait remplacé l'imagination, la substitution s'était bel et bien produite et il fallait en tenir compte.

Je me souvenais du premier paragraphe et, notamment, de la première phrase, qui me plaisait tant, à l'époque, que je connaissais par cœur. Je commençai à lire mais, au bout d'une page, j'éprouvai une difficulté. J'essayai de me concentrer davantage, sans grand succès. Ça ressemblait à une gêne respiratoire. Les mots que je lisais ne *montaient* pas, ils restaient en chemin, comme si les neurones susceptibles de les accueillir étaient désactivés.

Il n'était pas question d'intellect mais, plutôt, de la substance organique de mon cerveau, qui se refusait à absorber ces phrases, à les héberger. Une sorte d'indisposition, un refus d'obtempérer de mes cellules cognitives. Ma tête était plâtreuse, les mots que je lisais insipides. Ils ne vibraient plus, ne croustillaient plus, n'agitaient plus leurs ailes de colibri. Que se passait-il ? Étais-je devenu insensible à la fiction ? Ou bien, j'étais allergique aux œuvres de Rongières… Je posai le volume sur la table de nuit, éteignis la lumière.

J'avais besoin d'air. Il fallait à mon cerveau de l'air, cela m'apparut soudain comme une évidence. Il fallait à ma tête de l'air frais, une oxygénation radicale, un énorme appel. J'avais un besoin urgent de respirer et pour cela, j'en eus subitement la conviction, je devais imposer à mes poumons des conditions *extrêmes*. Il fallait que j'ouvre la bouche et qu'une quantité maximale d'air soit propulsée, brusquement, dans ma trachée, et se propage dans mes bronches jusqu'à les envahir entièrement, il fallait que chaque alvéole soit réveillée, purgée, réactivée, afin qu'elle puisse transmettre à mon sang tout l'oxygène nécessaire.

Je mis longtemps à m'endormir. Dix fois, je me levai. J'allais à la fenêtre, l'ouvrais, la refermais, regardais la tour éclairée par le reflet de la lune avant de me recoucher.

Et puis, tout d'un coup, je me trouvai à cheval. Je reconnaissais, au loin, les grandes tribunes de Longchamp. J'étais au milieu du peloton, ça secouait très fort, le bruit était assourdissant. Les oreilles montaient et s'abaissaient devant moi, droites comme un cran de mire. La crinière tremblait, agitée de spasmes. C'était Ribot.

Nous étions dans la boîte. Galopant au milieu du paquet, dix-huit cracks venus de toute la planète, la crème de la crème. La pire des situations possible : emmurés vivants. Vous pouvez être le meilleur cheval du monde – et j'étais debout sur le meilleur cheval du monde, peut-être le meilleur de tous les temps –, quand vous êtes enfermé dans la boîte vous êtes pieds et poings liés, le talent et la vitesse n'y peuvent rien, si vous ne trouvez pas l'ouverture c'est un naufrage, vous coulez à pic. La course est fichue, elle vous laissera dans la bouche un goût exécrable, un sentiment d'injustice et de gâchis.

Nous entrions dans la ligne droite. Ça va très

vite dans la ligne droite, tout se joue en quelques secondes.

C'est terminé, j'ai pensé. Nous avions toujours gagné mais, cette fois, nous ne gagnerions pas. Je m'étais laissé prendre au piège, la boîte s'était refermée dans le tournant. Il n'avait pas le passage. Il ne resterait pas invaincu. Quinze victoires d'affilée pour en arriver là. On raconterait qu'il avait été battu mais c'était faux, il y a toujours des gens pour dire ces choses-là.

Et puis, c'est arrivé : il a trouvé. Une minuscule ouverture entre les deux chevaux qui nous barraient la route, qui galopaient croupe contre croupe. Un interstice de rien du tout. Il a mis son nez. Il l'a enfoncé comme un coin et il a poussé. Ça a marché. Comme l'étrave d'un brise-glace parvient, en exerçant une poussée continue, précise, à élargir une fissure. Ensuite il a mis la tête. Il donnait des coups de tête sur les deux croupes. À droite, à gauche. Ça s'est ouvert un peu plus, un étroit corridor mais ça suffisait, il a mis le cou, le poitrail, il a forcé le passage et nous sommes sortis, il restait trois chevaux devant nous mais maintenant il y avait de la place, il y avait de l'air, de l'air à profusion, d'énormes quantités d'air, il a slalomé et je l'ai laissé faire, j'ai laissé filer les rênes, en trois foulées nous étions en première ligne, plus que cinquante mètres avant le poteau mais il lui a suffi de prolonger, je n'avais même pas à appuyer, juste à le laisser faire, à laisser parler sa vitesse, et soudain j'ai compris que nous allions gagner.

Je ne voyais plus rien, ni les autres chevaux ni les tribunes, tout s'était transformé en clameur, et cette clameur au fil des secondes devenait un bruit de fond, ensuite il n'y eut plus que lui et moi, nous étions seuls, Ribot et moi, et j'ai senti qu'instantanément tout se transformait en passé, la course que nous venions de gagner faisait déjà partie du passé, un passé illimité, sans bornes, qui reviendrait toujours.

Il y a longtemps, dans un bistro du centre de Paris, juste avant la fermeture, alors que nous buvions un dernier verre avant de nous arracher à notre banquette, un type que je connaissais m'avait dit : « Le corps est le passé, les vêtements sont le présent, les gestes sont le futur. » Tandis que nous faisions quelques pas dans la rue, d'une démarche un peu titubante, il avait poursuivi : « Les gens qui n'ont plus d'avenir, c'est qu'ils n'ont plus de gestes. Ils ont épuisé leurs gestes, à force de les reproduire. Leurs gestes se sont desséchés. Et, un jour, ils s'aperçoivent qu'ils n'en ont plus. »

Je me suis réveillé en sursaut. Il faisait nuit. Je ne savais pas où j'étais. Je ne connaissais pas cette chambre. J'ai mis un bout de temps avant de m'y retrouver. Était-ce le rêve qui continuait ?

Il m'a semblé entendre quelque chose. Dans la cour, peut-être. Je suis allé à la fenêtre. J'ai cru voir un soupçon de lumière, un embryon d'aube. J'ai ouvert.

Des bruits montaient le long des murs. Des bruits distincts, modestes, des bruits de vie qui reprend. Comme si chaque bruit était fourni avec sa petite enveloppe de silence. Des pas sur des pavés. Un verrou. Une valise qu'on fait rouler sur le sol. Des cliquetis. Puis le ronflement d'un diesel, un véhicule qui roule sur quelques mètres, qui s'arrête.

C'était l'heure des derniers préparatifs. Elles s'apprêtaient à embarquer. Bientôt, elles quitteraient le port. Aux premières lueurs du jour, comme prévu. J'ouvris la porte de ma chambre. La grande maison était silencieuse, plongée dans l'obscurité. Il fallait me recoucher, essayer de me rendormir.

J'avais refermé la fenêtre et, malgré cela, je les entendais. Que faisaient-elles ? J'éprouvai un irrépressible besoin de savoir ce qui se passait. Litote avait-elle quitté son box ? Tiffany chargeait-elle des provisions ? Emportait-elle ses onguents, ses préparations spéciales ?

Je me levai, allumai la lumière. J'avais l'impression d'obéir à une volonté sourde, intérieure. Je suis en train de m'habiller, constatai-je en m'apercevant dans la glace. Je fis le tour de la chambre. Mes gestes étaient efficaces, précis, comme sont les gestes dans les rêves. J'ouvris mon sac et rangeai mes affaires, vérifiai que je n'oubliais rien. Un dernier coup d'œil circulaire et j'étais dans les escaliers. Il fallait se dépêcher, je venais d'entendre le moteur. Je dévalai les marches, chaque fois que j'avançais une jambe j'avais l'impression de me jeter dans le vide.

La porte d'entrée était fermée. Pas de clé dans la serrure. J'appuyai sur l'interrupteur, cherchai sur la console mais ne trouvai rien. Cette fois, j'entendis avec netteté le ronflement du moteur. Ça y est, pensai-je, elles s'en vont. J'allais les manquer, d'un rien. Je me précipitai vers la fenêtre la plus proche, tournai l'espagnolette, la tirai vers moi et enjambai le mur. J'atterris dans un rosier. Le camion venait de s'engager dans l'allée. Je courus comme je n'avais pas couru depuis trente ans, depuis les cours d'éducation physique du lycée, jetant dans la course toute l'énergie dont je disposais. Je réussis à le rattraper mais, au moment où je m'approchais de la cabine, il accéléra. Je frappai du plat de la main sur le flanc du fourgon, sans résultat. Je vis les feux arrière me dépasser, s'éloigner, prendre le large. Et puis, inexplicablement, il ralentit et pour finir s'arrêta.

Je courus jusqu'à la cabine.

— Montez, dit Tiffany en déverrouillant la portière.

Je grimpai sur le siège du passager.

Il suffit parfois d'un seul mouvement, d'un seul geste pour nous faire passer d'une vie à une autre.

Et ce mouvement, à l'instant même où nous l'accomplissons, ne demande aucun effort particulier, il est d'une facilité déconcertante, inversement proportionnelle aux conséquences qu'il entraîne. En claquant la portière du van, je savais ce que je faisais : je tournais définitivement le dos à mon passé, à mes pauvres réussites, à tout ce qui m'avait servi, jusque-là, de mobilier sentimental.

Aussitôt Tiffany démarra, roulant avec précaution sur le chemin caillouteux.

— C'est Litote qui vous a entendu.

J'étais trop essouflé pour lui demander une explication. Et puis, j'avais envie de conserver la phrase telle quelle. Litote m'avait entendu. Était-il besoin d'ajouter quelque chose ?

Le jour commençait à pointer. Nous arrivâmes devant la grille d'entrée.

Les deux battants étaient réunis par un gros cadenas en U.

— Je vais descendre, proposai-je. Pour ouvrir.

— D'accord.

Elle se pencha et saisit le trousseau de clés posé sur le tableau de bord.

— C'est celle-là.

Nous échangeâmes un regard. J'eus l'impression qu'elle n'était pas vraiment surprise de me voir là, peut-être avait-elle secrètement nourri l'espoir que je surgisse au dernier instant. Je sentis qu'elle éprouvait une joie, tout comme moi, une joie dont nous n'avions pas encore sondé la profondeur.

Les phares éclairaient la grille comme un décor de théâtre. Je descendis, déterminé à remplir au mieux ma mission, la première du périple que nous allions entamer.

Je me concentrai, insérai la clé, décrochai l'anse du cadenas, tirai à moi les lourds battants qui grinçaient, attendis que le camion fût passé. Puis je refermai la grille et replaçai le cadenas.

Avant de monter dans la cabine, je tournai la tête et regardai pour la dernière fois les grands arbres de la propriété, enveloppés dans une légère brume, dont les contours commençaient à peine à se dessiner.

FIN

Cet ouvrage a été achevé d'imprimer sur Roto-Page
par l'Imprimerie Floch à Mayenne
pour le compte des éditions Grasset
en mars 2022.

Mise en pages
PCA 44400 Rezé

PAPIER À BASE DE
FIBRES CERTIFIÉES

Grasset s'engage pour
l'environnement en réduisant
l'empreinte carbone de ses livres.
Celle de cet exemplaire est de :
500 g éq. CO_2
Rendez-vous sur
www.grasset-durable.fr

N° d'édition : 22410 – N° d'impression : 100053
Dépôt légal : avril 2022
Imprimé en France